新編　夢の棲む街　目次

装幀—ミルキィ・イソベ＋安倍晴美
人形・写真—中川多理

新編　夢の棲む街

薔薇色の脚のオード

中川多理・薔薇色の脚人形展に寄せて

舞台上の軽快かつ狂騒的な踊り手である薔薇色の脚、薔薇色の脚たち。劇場を擁する漏斗の街の住人たちによって周知されるかれらの形態および生態のこと。そのごく一部について。

漏斗の街の構造をそのまま模したとされる劇場は街のもっとも底にある。円形舞台は客席のさらに底の底にあり、急傾斜ぶりをもって知られる客席および満員の観客たちの姿のすべてが闇に包まれるとき、舞台の空間のみが照明の底にあかあかと曝される。踊る薔薇色の脚たちはどこからともなくそこへ踏み込んでくるのだが、たとえば猛々しいまでの〈骨盤の踊り〉、薔薇色タイツの生地に多数の縦に伸びる伝線と丸い穴を生じさせずにおかない〈巨体化した太腿の踊り〉、そして小さめの膝がしらを経由して足の甲とくるぶしに至るまでの視線の旅を強要する〈長い脚の踊り〉等々、その舞踏の目覚ましさといっては満座の観客たちの注視を一瞬たりとも手放すことはないのだった。

そして狂騒的とも言える群舞の只なかにしばしば異質で矮小な姿が紛れ込むこと、舞踏とは無関係に小突き回されるらしい黒い影があること、これもまた観客たちにとっては珍しくもない眺めだった。脚たちによって無残に蹴り倒され、容赦なく踏みにじられるそれはむろん劇場付きの演出家のひとりに他ならず、街の女浮浪者や孤児を拾ってきては一人前の薔薇色の脚に育て上げることを生業とするかれらであるのだが、ときに、というよりかなり頻々と、舞台上の凶暴な舞踏のさなかへ身を投じる誘惑にかられるようなのだった。息の根も止まるばかりに踏みにじられ、あるいは実際にその場で絶息し、舞台上に平たく広がる見苦しい汚点と化してしまうこと――何故か短軀ぞろいの演出家たちはそのように夢見ずにはいられず、重度の打撲や複雑骨折等で半死半生救出された者は襤褸切れじみた姿となりつつも、再度の挑戦を内心固く誓うのだった。

薔薇色の脚の踊り子たちの形態は劇場の長い歴史において少しずつ変化してきたとも言えた。もっとも顕著なのは上半身の問題であり、薔薇色に充実し照り輝く下半身の肥大化巨大化はつねに変わらぬスタンダードな傾向であるにしても、添え物の扱いとなりがちな上半身にもそれなりの価値を見出すのか。あるいはほぼ下半身に吸収され干涸らびた余計ものとして無視されるのか、この件に関してはそのときどきの流行的な変動もあるようだった。

劇場の薔薇色の脚たちがつねに漏斗の街の代表的な存在であることには変わりなく、街の酒場の小ステージで薔薇色タイツを着用した店の踊り子たちが並んで踊ることもまたよくあることだった。その折には上半身が隠れるようステージの幕を半ばまで降ろしたり、あるいは照明の加減や上半身のみぴったりした黒い肉襦袢を着用するなどの工夫があり、扮装とわかって眺めることもまた客の側の約束となっていた。——そしてある時期のこと、劇場の本物の薔薇色の脚たちのあいだで幅広の薔薇色リボンをウエスト正面の巨大蝶結びとするのが流行ったことがあった。その流行はさっそく街の酒場のステージにも波及し、通常のすがたの踊り子たちにとっては単なる飾りに過ぎなかったものの、酒場を経由して劇場へと赴いた客たちはまったく別の様相をそこに見出して驚くに至った。薔薇色リボンは蝶結びの飾りでもあったが、その垂れ下がり部分を手綱の如くに用いて、必死に下半身を御する矮小な上半身の踊りがそこにあったのだ。

あれはいったい何だったのか、と劇場からの帰路で漏斗の街の住人たちは思うのだった。群青の夜空には生きて動く星座群の運行があり、うかつに見上げれば巨大な顔を持つ星座のひとつと目が合いかねず、頭上のことに関してはあまりしげしげとは観察しないことが街の住人たちの習いではあった。——薔薇色リボンを操る痩せこけた上半身の顔は思い返しても必死の形相であったようで、はたまた薔薇色の下半身の足の裏に唇を押し当てて言葉を吹き込むという演出家たちの噂についても何故か連想的に想起されるのだった。言葉、薔薇色の言葉たち――酒場の裏口に踊り子たちの若々しい影が射し、帰り支度のさざめきに冷たい夜風が混じった。風は自然と螺旋を描き、落ち葉を巻いてくるくると街の底へ底へ、不夜城の如くに灯を絶やすことのない大劇場の大屋根へと紛れていき、見送るうちに傍観者たちのささやかな思考の言葉もまた散り散りに吹き散らされていくのだった。

ごく一時期のことながら、あるとき娼館の秘密の間に一体の薔薇色の脚が匿《かくま》われているとの街の噂がたった。劇場から娼館へと身を移した事情等はいっさい不明であったものの、薔薇色の脚と娼婦たちとの親和性については改めて街の住人たちも感じ入るのだった。そもそも娼婦上がりの薔薇色の脚たちもしばしば存在したのだ。密かに匿われているとの評判どおり、娼館の秘密の間へと実際に通された者はほとんどおらず、不確かな風聞によれば巨大な薔薇色リボンを前結びとしたその一体の薔薇色の脚は――ちょうどリボンの流行時期と一致していたのだ――常にも増して巨体化しており、室内奥手の上座にゆったり腰かけながらつま先が優に扉口に届くというのだった。

薔薇色タイツの薔薇色の脚たちは踊るときヒールとストラップつきの舞踏靴やポワント用

の紐付き布シューズを着用することもあり、それらの色目はむろんのこと薔薇色と決まっていた。娼館の秘密の間もまた薔薇色の室内装飾で統一されているらしく、艶のある装飾生地や猫脚家具も装飾円柱も羽毛や花飾りもすべてが薔薇色。薔薇の侍女たちに扮した娼館の女たちに囲まれて巨体の薔薇色の脚は女神然と鎮座しており、薔薇色リボンの巨大蝶結びに半ば隠された干物状の上半身は力なく目を閉じて、ほぼ存在しないも同然となっているらしかった。コレハイッタイ何ナノカ、ドウイウコトナノカ。——噂に聞くだけで情景はありありと脳裏に浮かび、街の住人たちもやや混乱気味の気分となった。巨体化して扉口まで届くというそのつま先に恭しく接吻すればよいというのか、と。

薔薇色の薔薇色の薔薇色の、肉質の言葉たちへの拝謁。その勝利への拝跪。

劇場付きの演出家たちが書き散らし、書き残した紙片の断片。

われわれが脚たちの足の裏に唇を押し当てて、言葉を吹き込むことにより薔薇色の脚は育った。それは誰もが知る事実であり、誰もそれを否定することはできない。しかしそれらの言葉とはいったい何であったのか、今となってはもはや思い出すこともできないのだ。

舞踏とは何か。

薔薇色の脚たちはかつて集団で逃走し、捕獲され連れ戻された過去がある。言葉ノナイ地平デツマ先立ッテ踊ッテミタカッタ、そのように言い残して逃走し、そして帰還した脚たちによりわれわれは舞台上で惨殺され、踏みにじられ、平たく見苦しい汚点となり果てたのだ。ワレワレハスデニ存在シナイ。

しかしそれにしても。

（この一葉の紙片のみ裏返しとなっている）――生マレテ初メテ〈小説〉ヲ書クトイウノニ、イキナリ〈薔薇色ノ脚〉カラ書キ始メルトハ。イカニモ奇妙ナコトデハナイカ。イッタイドウイウコトナノカ。

繰り返し。劇場の闇のなか、光の滝の底で軽快に踊る薔薇色の脚たち、薔薇色の脚、薔薇色の。

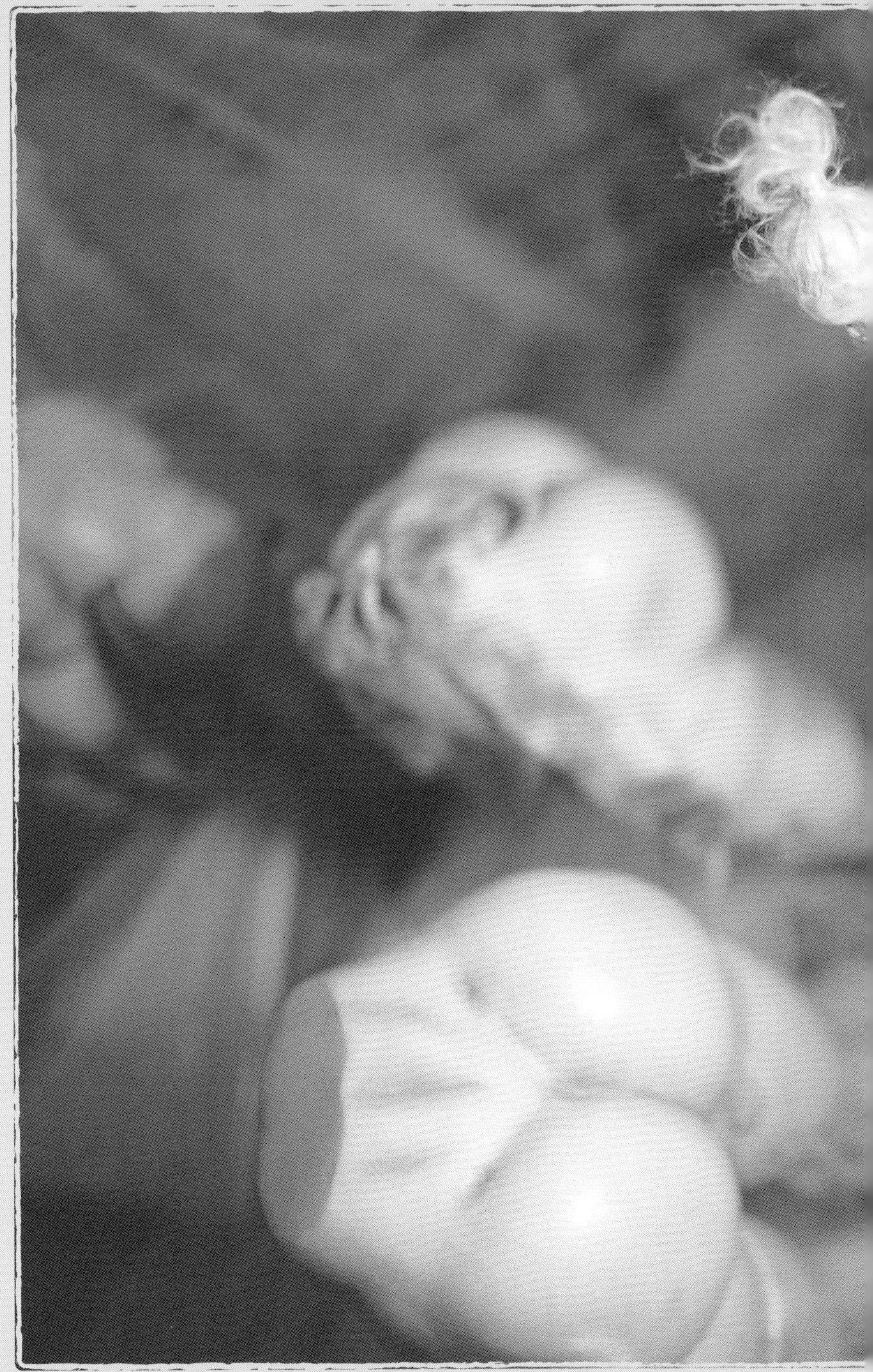

夢の棲む街

1　〈夢喰い虫〉のバクが登場する

街の噂の運び屋の一人、〈夢喰い虫〉のバクは、その日も徒労のまま劇場の奈落から這《は》い出し、その途中ひどい立ち眩《くら》みを起こした。

劇場が一切の活動を停止して以来、すでに数箇月たつ。他の仲間たちはとうに劇場に見切りをつけて別の河岸《かし》へ移っていき、ぶ厚く埃《ほこり》の積もった円形劇場の通路に足跡をつけるのは、今ではバクただ一人になっていた。複雑な浮き彫りに覆われた漆黒《しっこく》の硝子《ガラス》製円天井には、あちこちに灯《あか》りとりの小さな穴が透かし彫りのように穿《うが》たれ、その無数の隙間から射しこむ薄い光線はドームのはるかな高みでジグザグに交差し、劇場内の空間に豊かな広がりを与えている。しかし最近はその光線も妙に埃っぽくなり、今日も地下の楽屋には数人の雑役夫が眠りこけているだけだった。そして何一つ新しい情報を得られないまま無人の客席の長い階段をバクは一人で登ってゆき、その途中で貧血を起こしたのである。——丸い躰《からだ》を支えきれずに立ちどまると、階段状のシートや円柱はバクの目の前で急速に色を失って白黒《モノクローム》になり、四方から黒い霞《かすみ》が押しよせてくる視界の中央に白い斑《ふ》のようなものがちらついていた。耳もとでザワザワと血の引いていく音が聞こえて、バクは少し気が遠くなりかけたが、そのまま躰が重いのを我慢してゆっくり階段を登り、西向きの正面玄関の扉をあけると外は夕暮れ時だった。

街は、浅い漏斗型《じょうご》をしている。

その漏斗の底に当たる劇場前の広場に立ったバクは、夕暮れ時の街、まだ寝静まっていて人影ひとつ見えない街を、すり鉢の内側を底から見上げるようにしてひと目で見渡すことができた。劇場を中心として海星《ヒトデ》の脚のように放射状に走る無数の街路が、ゆるい傾斜で四方へ徐々にせり上がってゆき、漏斗の縁に当たる部分で唐突に跡切《とぎ》れている。街は、そこで終わりだ。そしてその丸い地下線の上では、魚眼レンズで集めた映像のような半球型の空の、東半分だけが暮れかけている。この時刻、街の中で目覚めて動いているのは〈夢喰い虫〉たちだけだが、バクを除いた他の仲間たちは、今頃は一匹残らず、集めてきた噂話を携えて街の漏斗の縁に集まっている筈だった。

〈夢喰い虫〉の仕事は、街の噂を収集しそれを街中に広めることである。街のあらゆる場所に散らばって、一日かかって自分の河岸《かし》の噂を集めた〈夢喰い虫〉たちは、日暮れ時になるとそれぞれ街の底に背を向けて、思い思いの方角に向かって石畳の斜面を登っていく。ドングリの実によく似た彼らの姿は、人気のない灰色の街路を影から影へとつたい歩きながらひそひそと登っていき、最後に街の最上部である漏斗の縁に着く。街の縁の円周上に大きな円陣をつくった〈夢喰い虫〉たちは、それぞれ街の底を見おろす姿勢で口の周囲に両掌《りょうて》をあてがい、やがて吹いてくる夕暮れの微風を背に受けて、ひそやかに街の噂をささやき始める。

……最初のうち、街の中に変化はほとんど感じられない。陽が斜めに射した人のいない小広場では罅《ひび》われた泉水盤が森閑《しんかん》と埃をかぶり、街角の時計台では古びた針が音もなく時を刻み続け、鎧戸《よろいど》を閉ざした家並は内に人の気配を潜ませたまま、森《しん》と静まりかえっている。そのうちにふと、その街角のひとつに主のないささやき声がひっそりと浮遊する。空中の声はしばらくの間蝙蝠《こうもり》のようにひらひらとあたりを漂っているが、いつの間にかその声が分裂して二つに増え、三つに増え、奇妙な抑揚のある口調でしきりにひそひそと街の噂を喋《しゃべ》りたて始める。いつかそれは街路のあちこちに漂ってゆき、漂いながら徐々に流れ始める。声は次第次第にその数を増しながら街の噂を街路の傾斜に乗せて吹き流し、あらゆる舗道や路地を伝って水の流れのように街の斜面を滑り落ちていく。街の住人たちは、それぞれの寝床の中で、眠りながら薄く目をあけて、それらの声の語る噂話を聞く。バクはこの〈夢喰い虫〉の儀式にもう数箇月間も参加できずにいたが、この街において、儀式に加われない〈夢喰い虫〉ほど中途半端な存在はなかった。務めを果たせない〈夢喰い虫〉はすでに〈夢喰い虫〉ではなく、〈夢喰い虫〉ではない何者かになってしまうのだろうかと亀裂だらけの石畳に立ってぼんやり考えていると、ふと斜面のずっと上のほうで遠い声が聞こえたような気がして、バクははっと耳を澄ました。

劇場を中心とした円形の広場の四方には、市街にむかって放射状にのびる街路の口が、無数に開いている。その口の向こうに、四方からひしひしと押し包んでくるものの気配があった。海の沖から津波が押し寄せてくるように、街並の向こうから遠くザワザワと軍隊蟻の行進のような音をたてて広場に忍び寄ってくるのは、確かにあの〈夢喰い虫〉の声だったので、バクはひどくうろたえた。昨夜までは、バクは日が暮れてしまうまでしつこく劇場の中をうろつくのが日課だったため今まで気がつかなかったのだが、夕方漏斗型の街の斜面をなだれ落ちてくる〈夢喰い虫〉たちの無数の声は、必然的に最後にはこの街の底へ四方から流れ込んでくる。その頃になると噂を囁《ささや》く声は無数に重複し、それらが漏斗の底の狭い空間にいちどきに堆積し凝縮されるため、その音量はほとんど破壊的であるとさえ言われ、広場の石畳の荒廃がひときわ激しいのは声の群に侵蝕されたためだという噂さえある。一度、ひどい不眠症にかかった劇場の老雑役夫が、街の不文律を破って日が暮れないうちに劇場前広場に出ていったことがあった。夜になって人々に発見された時、老人は石畳の真中で白眼をむき、両手で耳を覆って悶《もだ》え苦しんでいた。駆け寄ってくる人々の声が耳に入るなり、老人は絶え入るような悲鳴をあげ、声が、声がという言葉を最後に舌を咬《か》み泡を吹いて悶死《もんし》したという。

その間にも見るみるうちに声の群は四方から輪を押し縮め、数万の羽虫が唸《うな》るような音の中に、切れぎれに言葉の断片が聞きとれるほど近く迫ってきた。流れてくる空気の中に無数細かい震動が感じられ始め、バクはあわてて自分のねぐらめがけて斜面のひとつを駆け出した。

2 〈薔薇色の脚〉の逃走と帰還及びその変身

バクが最後に噂話を仕入れることができたのは、劇場の最後の公演となった〈薔薇色の脚〉の舞踏公演のあった日のことである。

夜の公演が始まる直前、闇に乗じて集団失踪した踊り子たち——その彼女たちが、ついに全員捕獲され連れ戻されたという情報をつかんでバクが劇場へ向かったのは、その日の真夜中近い頃だった。街の構造を模して設計されたという劇場の、円天井のあるオペラ劇場風大ホールの中央、すり鉢状の客席に取り囲まれて陥没しているように見える円形舞台まで、長い階段を幾つも下り、舞台中央の小さな上げ蓋《ぶた》を開くと、そこが地下の楽屋へ通じる入口になっている。この劇場では、控室や楽屋など付属的な設備はすべて地下に収納され、地上に現われているのは大ホールだけだった。ランプの点《とも》った狭い竪穴《たてあな》を下って納骨堂めいた地下の楽屋へ降りていくと、そこでは目を血走らせ一様にアマガエルそっくりの風貌をした〈演出家〉たちが、興奮して何か大声で議論していた。

今こそ我々が踊る時だ、と一人が叫んだ。

踊り子たちの〈脚〉はなくとも、我々のペン胼胝《だこ》のある手や運動不足でむくんだ脚を、コトバは覆い隠してくれる筈だ！

口々に賛同の声をあげて拍手喝采している演出家たちの横を擦《す》り抜け、バクは雑役夫の一人に踊り子たちの居場所を尋ねた。老人は奥の扉を指さした。劇場前の広場には、真夜中からの公演を見ようと集まってきた群衆がすでにひしめきあって開門を待っているというのに、これでは開演はおぼつかないようだと思いながら扉をあけて覗《のぞ》き込んでみると、踊り子たちは暗い床の上に鮪《マグロ》のように折り重なって転がっていた。一瞬〈脚の群〉という言葉がバクの頭に浮かんだのは無理のないことで、踊り子たちはまさしく骨盤と二本の脚だけでできているような体型をしているのである。その姿はバクにとって見慣れたものだった筈だが、それでも、見事に発達して脂ぎった下半身の、常人の二倍はある骨盤の上に、栄養不良のため異様に痩《や》せて縮んだ上半身が乗っている畸型《きけい》的な体軀《たいく》は、見る者にある圧倒的な意志——この人工的畸型を造り出した者の偏執的な意志を、感じさせた。そしてその骨が曲がった畸型の上半身は今、一様に目を閉じ口を薄くあけた顔〈幼児の顔ほどの大きさしかない、痩せしなびた大人の女の顔〉を投げ出して死んだように横たわっているのだった。

劇場の踊り子たちは、〈薔薇色の脚〉と呼ばれている。それは全く見事な脚で、太めの腰から伸びている適度に肉のついた腿とふくらはぎ、よく締まった足首、そしてやや華奢《きゃしゃ》な踵《かかと》から爪先まですっかり薔薇色の絹のタイツで覆われているところからこの名がつけられている。その下半身とは対照的に上半身は全く無視され、筋肉は栄養失調と運動不足で萎《な》えたように縮み、さらに骨格までもがひとまわり大きさが縮んでいるため、飢餓状態の子供の躰《からだ》ほどの大きさに干からびていた。手入れをされないため皮膚は垢《あか》じみ髪は縺《もつ》れたままで、知覚がまだ残っているのかどうか、踊り子たちはいつでも一言も言葉を発しなかった。彼女たちをこういう状態の〈薔薇色の脚〉にしたてあげたのは、劇場の演出家たちである。

彼女たちの前身は、いずれも街の乞食や浮浪者または街娼であるという。演出家たちが時おり街に出て彼女たちを狩り集めてくるのだが、そのおおむねは畸型で、背中に瘤《こぶ》のある者や舌の長い者、毛髪のない者（眉も睫《まつげ》毛も無いので、その顔は卵そっくりに見える）、また、鳥の巣のように絡みあった髪の隙間から両眼だけを覗かせた小人女もいた。この畸型女たちを〈薔薇色の脚〉に創りあげる方法は演出家たちの秘密とされているが、街の噂によればこれはかれらが彼女たちの脚にコトバを吹き込むことによってなされるのだという。――黒びろうどの緞帳《どんちょう》が幾重《いくえ》にも垂れこめた舞台裏で、毎夜演出家たちは踊り子の足の裏に唇を押しあてて、薔薇色のコトバを吹き込む。ひとつのコトバが吹き込まれるたびに脚はその艶《つや》を増していくが、下半身が脂ののった魚の皮膚のような輝きを持つにつれて畸型の上半身は徐々に生気を失ってゆき、舞台の上で猛々《たけだけ》しい乱舞をする時も、その上半身はただ脚の動きに身をまかせて力なく振り回されるだけか、または異様に小さくなったコビトの手で巨大な腹にしがみついているかのどちらかだった。

その踊り子たちが脱走したことが知れるや否や、劇場の地下から四方に張り巡《めぐ》らされた通信線を伝令が走り、漏斗型の街の斜面を螺旋《らせん》を描いて上昇していった。すぐに、たけだけしい〈脚〉の群が高笑いを残して路地の向こうを駆け抜けていくのを目撃したという情報が入り、ほどなく全員が捕獲され連れもどされたわけだが、一人の踊り子は脱走の理由を告白して、こう言った。〈〈薔薇色の脚〉が人語を喋《しゃべ》るということがすでに、演出家たちにとっては驚きだったが。〉——コトバがひとつ吹き込まれるたびに、私たちの脚は重くなる。私たちとて踊り子の端くれ、コトバのない世界の縁を、爪先立って踊ってみたい気があったのだ、と。それを聞いた演出家たちは怒り狂い、踊り子たちの脚からコトバを抜きとってしまった〈雑役夫たちの言うことによれば、踊り子の足の裏に唇を押しあててコトバを吸い取ったのだそうだ〉が、そのとたんに脚たちは力を失い、死んだように動かなくなってしまったのだという。

その時、頭上に轟《とどろ》きわたる足音が反響し、それと同時に、開門して観客を中に入れたという報告が入った。踊り子失踪事件が前宣伝になったのか大ホールは大入満員で、すり鉢状の階段座席から円天井に近い天井桟敷《さじき》までいっぱいになっているという。逆上しきった演出家たちは、引きとめる間もなく竪穴の階段を駆け登っていってしまい、同時に頭上の虻《アブ》の羽音のようなざわめきが静まって、演出家たちが何か演説しているらしい声が響き始めた。本当に踊るつもりなのかどうかはともかく、少なくとも時間稼ぎにはなるだろうと、バクは踊り子たちの所へ駆け戻り、扉を引きあけた。

薄暗い部屋の中に、〈脚〉の群は列をなして森《しん》と立ち並んでいた。廊下の光がわずかに射し込んでその足元をぼんやり照らし、上の方はひどく暗くてほとんど闇に溶け込んでいるように見えたが、やがて目が慣れるにつれて徐々にその輪郭が現われてきた。扉の取っ手を握ったまま、バクはぽかんと口をあけてその姿を見あげた。バクの目の前には薔薇色の膝頭が位置していたが、そこからさらに高みに向かって緩《ゆる》やかな曲線が徐々に広がり、その線は天井に近いあたりの暗闇に位置する生々しい巨大な腰に続いている。前のほぼ二倍の大きさに変身した〈脚〉の群は、陸に引きあげられた鯨《クジラ》の群のような威圧的な重量感を持ち、バクは思わずよたよたと後ずさった。その腰の上に寄生物のように生えている上半身は、今では完全に生気を下半身に吸い取られ、サルの躰ほどに縮んでいた。皮膚は水分を失って茶色に変色し、関節ばかりが目立つ骨と皮ばかりの腕は何かに摑《つか》みかかろうとする形に硬直して、長い爪を剝《む》き出している。乾燥して筋肉が引きつったため口の穴をぽっかりあけたその顔は、すでに生きているものの顔ではなかった。

その時、突然大ホールから異様な喚声が幾重にも反響して響きわたった。劇場中の観客が中央の円形舞台めがけて押し寄せて来るらしい凄まじい物音が轟き、同時に、内部に空洞のある肉塊《にくかい》が押し潰《つぶ》される時の打撲音と悲鳴が頭上で炸裂した。物見《ものみ》に行っていた雑役夫の一人が竪穴を降りてきて、怒り狂った観客のひと打ちで演出家たちは全員撲殺され、ホールの中ははや流血の惨事だと報告した。踊り子を出せ、〈薔薇色の脚〉を出せと、殺気だった観客たちは血に塗《まみ》れた両手を振りかざして口々に叫んでいるという。すると、直立していた〈脚〉の群が唐突にブルッと雌馬のように身震いした。はっと気づいて道をあけると、〈脚〉たちは次々に廊下に飛び出しはじめ、木の根のように硬直した上半身を乗せたまま狭い地下道を踏み揺るがして竪穴を駆け上がり、舞台中央に通じる穴の向こうに姿を消していった。

——その後舞台の上で起きたことを、バクは知らない。最後の〈脚〉が姿を消して上げ蓋《ぶた》が閉じられると同時に、観客はぴたりと沈黙した。後に街に流れた噂によれば、その時〈薔薇色の脚〉の群は、〈すり鉢状の客席の底、人々の視線のなだれ落ちる終点〉に、〈人々の夢の顕現として〉立ち現われたという。その夜、ひと夜かけて踊り狂ったという〈脚〉たちの踊りがどのようなものだったのか、それはいかなる言葉で説明されたところでバクには理解できる由もなく、ただその頭上で一晩中響きわたったたけだけしい重量のある足音から想像するしかなかった。舞台の石床を踏み轟かす〈脚〉の踊りは徐々にテンポを速め、次第に跳躍から疾走へと変化し、その速度は加速度的にはやまっていった。いつかその足音は微妙に乱れ、それは頭上の舞台の上で何かの変事が起きたことを暗示しているようでもあったが、竪穴の階段の途中に腰かけて舞台の音のみに意識を集中し続けていたバクはその時急にひどい睡魔に襲われ、時間の持続の中にぽっかり陥没した空白のような、奇妙な短い眠りに落ち込んでいた。

……唐突に目ざめて、最初に気づいたのはその異様な静けさだった。見まわすと、地下楽屋のあちこちで雑役夫たちが黒い口の穴を見せて眠りこけている。眠っていたのはごく短い時間の筈だったが、頭上の足音は完全にやみ、代わりに夥《おびただ》しい人の気配のみっしり立ち籠めた静寂があった。バクは足音をたてずに階段を登り、登りつめたところの天井に穿《うが》たれた穴の上げ蓋をそっと持ち上げた。とたんに、圧倒的な光の洪水がどっと溢《あふ》れた。

そこは数十条の光の滝の谷底だった。はるかな円天井の高みから放射された光の束は、この谷底の円形舞台の中心に束ねられて一点に集中し、その他のすべての照明は消されて、真の闇がぶ厚く劇場の空間を埋めていた。そして、その闇の奥に数千の目があった。舞台を取り囲むすり鉢状の客席にびっしり並んだ数千の目、そしてその上部の円柱状の内壁に数十の層をなして、はるかな円天井めざして積み重なっている環状の客席の数千の目が、闇の向こうに見開いて光の底の一点を凝視している。バクはその圧倒的な視線の重みにたじろいで顔を伏せ、その時初めて舞台の上の惨状に気づいた。

〈薔薇色の脚〉たちは、上げ蓋を中心とした円形舞台の床に折り重なるようにして、完全に死んでいた。その上半身は下半身によって完全に吸収され尽くし、卵の殻のようになめらかな胴の断面にはその痕跡さえも残ってはいない。息絶えて間もない生々しいそれは光の熱気を浴びてまだ水分を蒸発させ続け、湯気のような白い水蒸気を濛々《もうもう》と光の中に立ち登らせていた。演出家たちの姿を求めてうろうろと目をさまよわせたバクは、突然血の匂いに気づいてはっとした。撲殺屍体は、巨人の脚と化した踊り子たちの轟く足の裏に踏み潰《つぶ》され、血潮にまみれたわずかな肉片となって舞台の石造りの床にこびりついているだけなのだった。

こうして、この夜を最後に劇場の踊り子は死に絶え、その製造方法を知っていた演出家たちも全員死亡したため、再び街に〈薔薇色の脚〉の姿が見られることはなかった。しかしその夜死に至るまで踊り続けた脚の群はあらゆる言葉を飛び越えて美しく、それはまさに光り輝くようだったという。

劇場前の広場を後にしたバクは、落日を背にうけながら娼館のある方向へ登っていったが――それがバクのねぐらである女たちの家の呼び名だった――、しかし娼館のある場所を正確に知っているというわけではない。迷路じみた様相を持つ街の舗道を行きあたりばったりに歩き続けるうちに、娼館（あるいは他の目的地でも同じことだが）は行く手にぽっかりと現われる。娼館やその他の家々、公共の建物等、この街のすべての建物は、それぞれが街のある固定した一点に個々の厳然とした場所を占めているのではなくて、街の〈ある任意の一点〉に存在すると言える。この〈街の法則〉にはずれるのは、街の中心をなす劇場ただ一つだった。

バクが歩いていく街には、放射状に走る数十本の大通りがあり、それらの間隙を埋めて縦横に絡みあった網の目状の無数の街路がある。眼の虚《うろ》のような窓が列をなす通りがあり、またひっそりと閉ざされた重々しい木の扉の続く街並がある。そして家々の灰色の外壁が連なる通りのあちこちには宿屋や居酒屋、料理店や公会堂、また地下の秘密めいた賭博場などが散在し、それらの建物の一つ一つにたいてい一人ずつの〈夢喰い虫〉が棲《す》みついている。この、街の人々と〈夢喰い虫〉との共存関係はいつから始まったのか誰にも分らないのだが、しかし〈夢喰い虫〉たちは昼間人々が眠っている間にそれぞれの河岸《かし》で街の噂を集め、夕暮れにはそれを街中に広めるという日課を毎日忠実に繰り返していた。この日課はすべて人々の眠っている間になされるので、従って人々の知っている〈夢喰い虫〉の姿といえば、昼の夢の中に忍び込んでくる気配――白昼《まひる》、寝静まった街の通りや暗い室内を、かさこそと乾いた皮膚の擦《こす》れる音をたてて歩きまわる気配――と、夜になって人々が起き出し、街路に点在するガス灯に淡い灯が点る頃、儀式を終えてひそひそとねぐらに戻ってくる姿くらいのもので、人々が活動する夜の間は、彼らはほとんど眠っている。その中で、バクは夜の間あまり眠らず昼間仕事を怠けて仮眠したりするという変わり種で、従って娼館のマダムや女たちとも親しい口をきく仲だった。

坂の前方に娼館の木造りの望楼が突然現われ、やがてその全貌——巨大な木造の廃船、または流木で造りあげられた古代の箱船を思わせる——が見え始めた頃、街はほとんど暮れて、わずかに四方の地平線上の空に真紅の残光が消え残っているだけだった。まだ宵闇の色の残る藍《あい》色の空には、東の地平線からこの季節の星座〈女面鳥〉が半身を乗り出し、縞模様の羽毛に縁取られたその顔はすでに天頂近くまで登って、街の真上にさしかかっている。その北には斑点のある豹《ひょう》や没薬《もつやく》の壺を手にした錬金術師、南には天の鯨《クジラ》や心臓《ハート》を咥えた巨嘴鳥《ペリカン》などが街の夜空に登り、その下で街はすべての輪郭を薄れさせ闇に溶暗《ようあん》してゆき、家々は個々の特徴を失って、通りは何処《どこ》まで歩いても同じ街並が続くように見えた。

この頃になると、噂を吹き流していた無数の声は次第に拡散して散りぢりになり、それに代わって人の気配が街にひったり張りつめてくる。通りに面した硝子《ガラス》窓の内側を、小さな爪が引掻《ひっか》く音がし、空の高みから時おり蝙蝠《コウモリ》傘のようなものが一瞬視野の端をかすめて墜《お》ちてきたりする。

そして遠い石畳の舗道の隅、煤《すす》けた街路樹の後ろ、背後の鐘楼《しょうろう》の影などから囁《ささや》き交わす声が聞こえ始める。そのボリュームが次第に上がり、平面上の影が蠕動《ぜんどう》してふと盛り上がったと思うと、中から飛び出すように人影が次々に現われ、忙しく路上を動き始める。

3　嗜眠症の侏儒はどんな夢を見るか

……うたた寝からふと醒《さ》めて、最初に目に入ったのは、広間の向こう端で後始末の指図をしているマダム――三重顎、白粉《おしろい》、宝石、襞《ひだ》の多い絹のドレス等々、要するに淫売宿の女将《おかみ》のイメージそのままの、この娼館のマダムだった。長椅子の上に起き上がってみると、ホールはすでに閑散として、マダムと七、八人の店の女が杯盤狼藉《はいばんろうぜき》の中を立ち働いているだけだ。バクは欠伸《あくび》の涙の滲《にじ》んだ目をこすりながら椅子に坐り直した。

――今日も、新しい噂話が手に入らなかったな。

ふいに、頭上から甘ったるい声が降ってきた。長椅子の上の壁に取り付けられた金属製の鳥籠をバクが見あげると、中で膝をかかえた侏儒《コビト》は片手に齧《かじ》りかけの砂糖菓子を握ったまま、半覚醒の様子でうつらうつらしている。娼館に戻ってきた時には指を咥《くわ》えて丸くなって寝ていたのに、いつ目を覚ましたのだろうとバクが思っていると侏儒ははっと目をあけ、二、三度まばたきして今度は本当に目を覚ました。唇についた粉砂糖を舐《な》めて口を開くと、意外なほど高くて柔らかい声が出てくる。

おまえは、今日でもう丸三箇月も儀式に参加していない。隠しても無駄だ。鳥籠の中にいても、何だって知っているのだからな。

一日中寝てばかりいるくせに、おまえに何が分るものか、とバクは言い返した。

毎日鳥籠の中で年寄り猫みたいに眠っているか、それともたまに目を覚ましては、自分の見た夢の話をしているかのどちらかじゃないか。

私はおまえが生まれた時のことを知っているのだ、と侏儒も言い返してきた。〈夢喰い虫〉特有の、カバのような顔をしたみっともない赤ン坊だった。鳥籠の中で暮らしてはいても、何十年も生きている間には街のいろいろなことが耳に入ってくるものだ。

一日中そこでじっとしているだけのおまえに、新しい噂話を求めて足を棒にしているこの苦労が分ってたまるか。これだけ苦労しても新しい話が手に入らないというのに、くだらない昔話なんぞ持ち出さないでくれ、とバクが怒って叫ぶと、侏儒は手で遮って事もなげに言った。

おまえは未練がましく劇場へ通っては毎晩手ぶらで帰ってくるが、劇場の舞台裏で今、複数の陰謀が進行しているという話を知っているか?

バクは驚いて口を閉ざした。侏儒は歯をむき出して笑い、縫い取りのある上着のポケットから角砂糖を取り出して、前歯で齧り始めた。

昔から出来の悪い〈夢喰い虫〉だったが、年をとっても同じだな。知らなければ教えよう。

劇場では今、ある大きな公演のための準備が秘密裡《り》に進められている。その公演がいつ行なわれるのか、その内容がどのようなものなのか、そういったことは誰も知らないし、第一その準備を一体誰が進めているのかも分らないのだが――〈劇場の〈演出家〉たちは全員死んで、後には役に立たない雑役夫しか残っていないのだからな〉、とにかくその裏に〈あのかた〉の手が働いていることは確からしい。噂では、〈あのかた〉はその特別公演に街のすべての住人を招くつもりらしいということだ。

と、侏儒は思いがけないことを言った。

侏儒はさらに得意げに喋《しゃべ》り続けたが、その間にも手の方は忙しく動いて、砕いた氷砂糖や練粉菓子、型で抜いた砂糖菓子などを口に運び続けていた。酔っぱらったマダムや店の女たちがおもしろ半分に突っ込んだものらしく、古めかしい青銅製の大きな鳥籠には一面に糖蜜の固まりや、メレンゲ、ジャム、油のギラギラ浮いた濃いクリームなどが付着している。

侏儒が何処《どこ》で生まれ、どのようにしてこの館にやってきたのかは、誰も知らない。マダムに訊いても、あのコビトは誰も覚えていないほど昔から広間の壁の鳥籠の中にいたのだとしか言わない。噂によれば、蛆《ウジ》が汚物の中から湧《わ》き出すように侏儒もまた鳥籠の中に自然に湧いて生まれたのであり、鳥籠の中で生まれ成長し年老いた侏儒は、この檻《おり》から一歩も出たことがないのだというのだった。確かに、この時代がかった鳥籠にはやっと人の握り拳が通せるほどの扉が一つあるだけで、籠の底は取り外しがきかないのだから、格子を壊さない限り侏儒が外に出ることはできない。

……喋り続けていた侏儒は、いつの間にか口を半開きにしたまま眠りこんでいたが、ふと目をあけると片掌《かたて》に一口分残っていた、糖蜜菓子を飲み込んで、こう締めくくった。

とにかく、その日は近づいている。その日をめざして幾つもの陰謀が進行しているというのに、その気配にさえも気づかないとは、それでもおまえは〈夢喰い虫〉かね。

その時、広間の中央で女たちに給仕させながら騒々しく夜食をとっていたマダムが突然猛烈な形相で振り向き、うるさい喧《やかま》しい、自分に養われている居候《いそうろう》の分際で少しは静かにできないかという意味のことを怒鳴り散らした。その圧倒的な勢いにすっかり畏縮した侏儒は、虐待された小動物のような目に涙を溜め、バターでべとべとした小さな掌をしきりにしゃぶっていたが、やがて目をつむって動かなくなったところを見るとまた眠ってしまったらしい。

侏儒《コビト》、小さな佝僂《せむし》の小人、小さな赤ン坊の爪と襞《ヒダ》のある大きな頭を持つコビトは、鳥籠の中で夢を見る。

夢の中で、侏儒は水の中にいる。コビトは暗い水の中。暗渠《あんきょ》の底で四肢を丸め、大きな泡に包まれてコビトは水中を上昇する。ごぼごぼと耳元で柔かい音をたてながら無数の気泡がコビトの周囲で回転し、一緒になって無限に軽く浮かんでいく。——気づくとコビトは水のうえ。大きな泡が浮かんでは弾《はじ》ける淵の水面に浮かびあがったコビトは、夜の海の生ぬるい水をかいて泳ぎ出していく。暖かい暗黒の夜が過ぎ闇の密度が希薄になり始め、やがてうっすらと行く手はるかな水平線が明るさを増し始める頃、数条の水脈《みお》が水けむりをたてながら海の極めざしてたちのぼるのをコビトは見る。海面を奔《はし》る水脈はやがて水平線上の一点に向かって収束してゆき、その果てにおぼろげに何かの姿が現われるのが、コビトには見えたような気がする。

コビトがめざすのは、海の果て夜の果てに顕現する紅玉の岸辺。婚礼の夜がめぐり宴《うたげ》の果てる夜明け、はるかな曙光《しょこう》の射しそめた水平線上に立ち現われる、光明の向こう岸。

小さな侏儒は、夢を見る。

……突然起きたはなやかな嬌声に、侏儒がはっと目を醒ますと、天井の灯が揺れてホールの中は散乱する影でいっぱいだ。乾いた音をたてて床一面を真珠玉が転げまわり、その中を女たちが無意味な悲鳴をあげながら走っているのは、マダムの五連の首飾りの紐が切れたためなのだった。マダムはプリプリ怒りながら食べかけの夜食を押しやり（メニューは、ヒゲのある冷たい魚とエビ料理。魚の深皿の中にも、真珠が数個転がり込んでいる）、椅子を引いて立ち上がった。するとそのとたん、膝の大量の真珠玉がスカートの襞からみごとに弾け出した。

ホールいっぱいに大粒の真珠が飛び散って派手にはじけあい、マダムの罵声《ばせい》と女たちの金切り声が入り混じって、たちまち部屋中が収拾のつかない騒ぎになった。その混乱の真只中に、黄色い服を着た店の女の一人が階段を降りてきて、屋根裏の様子が変なので見に来てほしいとマダムに告げた。マダムは腹立ち紛れに真珠玉を蹴散らしながらその女の後に続き、それを見た女たちも後片付を怠ける口実ができたので、喜んで一緒にぞろぞろ部屋を出ていった。もちろんバクは女たちの先頭に立って駆け出してゆき、後には侏儒がひとり取り残されて、夢の続きを追い始めた。

4　屋根裏部屋の天使の群に異変が起きること

……白い翼の生えた天使たちは、薄暗い屋根裏部屋にぎっしり犇《ひしめ》きあっている。最初ここへ連れてきた時には四、五匹しかいなかった筈なのに、いつの間にか数十倍に殖《ふ》えて今では手もつけられなくなってしまったのだと、マダムは苦々しげに言う。灯をというマダムの命令に、女たちの一人がランプを差し出し、その光が移動して部屋の中を照らし出すにつれて、蜂の羽音に似たざわめきがあちこちから高まった。

目尻の吊りあがったオリエント風の天使たちの顔は、確かに若い顔なのに奇妙に皺《しわ》だらけで、ホルマリン漬けの胎児を思わせた。それぞれ白い木綿の寝間着のようなものを着ているが、よく見ると洗濯もしていないらしい服は薄汚れて灰色じみ、また四肢や翼のつけ根には蜜蠟《ミツロウ》のようにねっとりとした分泌物が厚くこびりついて、濃い匂いをたてている。天使たちは互いに身振り手振りを混じえて夢中になって何か喋《しゃべ》りあっているようだが、しきりに開閉する口から漏《も》れるのは耳ざわりな風のような音で、声の気配とでも言うような掠《かす》れた歯音ばかりだった。

こいつらはね、人間のコトバが喋れないのさ、とマダムはダチョウの羽毛の下で重々しい乳房をゆすりながら言う。天使とはそもそも神から人間へのメッセンジャーの筈で、人間の言葉が話せないのではその役目も果たせまいにとバクが思っていると、コトバも話せないような低級な生物をこの館に置いたのが自分の間違いだった、案の定一人の客もつかず仕方なく放置しておいたらこの有様だ、とマダムは口をきわめて彼らを罵《ののし》り、そらこのとおりと一匹の腕を摑《つか》んで、よく見えるように引きずりあげた。たちまちそれは不潔な歯をむき出し、咬《か》みついてきそうな様子を見せたが、同時にその背後から金属板を爪で引掻《ひっか》くような声をあげて、もう一つの頭が振り向いた。見るとその二匹の天使はシャム双生児のように背中合わせに癒着しあい、その隙間から四枚の畸型の翼がでたらめな方向にはみ出している。マダムが一匹ずつ指さして詳しく説明してくれたのでバクにもようやく分ったのだが、部屋中の天使たちは一匹残らず、接合して核の一部をやりとりしている最中のゾウリムシのように躰《からだ》の各部分を癒着させあっていたのだった。中には半分以上互いの躰にめりこんでしまって、シャム双生児というより双頭児に近い姿になっているのもあったし、五、六匹が一つの塊《かたまり》になって、すでに個々の区別もつかないほどになっているものもあった。マダムの説明によれば、狭い場所であまり繁殖しすぎたせいだという。

マダムがまだこの事に気づいていなかったある時、物好きな客がこの屋根裏部屋まで上がってきたことがあったそうだ。案内についてきたマダムの熱心な売り込みに客はその気になり、いちばん顔だちのいい天使の一匹を選んだが、さてその天使を下の部屋へ連れて行こうとした時になって、この思いもよらない事態が発覚した。相手は一度に一匹でたくさんと、客はあきれて帰ってしまい、面目を潰《つぶ》されたマダムは以来エサも与えず天使たちをこの部屋に押し込めたままだという。

それでも死にもせず、勝手に番《つが》ってどんどん殖えてるようだがね、場所塞《ふさ》ぎだし、第一きたならしいったらありゃしない——おや！　とマダムが声をあげたのは、黄色い服の女が指さしてみせた一匹の天使に目をとめたためだった。マダムはそれを爪先で軽く蹴った。

へえ、こいつ死んでるよ！

よく見ると、下瞼《したまぶた》を上に引き付け、四肢を硬《こわば》らせて床に丸くなっている天使の屍体が他にもあちこちに転がっている。

エサがないから死ぬなんていう生やさしい連中じゃないよ。くっついたままであんまり殖えすぎたもんだから、お互いの毒が躰の中に溜《たま》ったのさ！

マダムは舌打ちして女たちに片付けさせようとしたが、一つの屍体を持ちあげると、その躰に半分めりこんでいる別の天使が二、三匹引きずられて悲鳴をあげ、連鎖的に部屋中の天使がどっと倒れて絡みあった。たちまち湧《わ》き起こる阿鼻叫喚《あびきょうかん》の中で、一つの躰から五枚も六枚も生えている翼がいっせいに空《くう》を打ち床を叩いて部屋中の埃《ほこり》を吹きあげ、一行はたまらず全員外へ退散した。

ひどく軋《きし》む階段を一歩遅れて降りながら、番《つが》って殖えるといっても天使に雌雄の区別があるのかとバクが尋ねるとマダムはあきれ顔で振り向いて、
なけりゃどうやってあんなに殖えたとお思いだい！

続いてマダムはその見わけ方を微に入り細を穿《うが》って面々に伝授したのだが、その前後あたりからバクは侏儒《コビト》の嗜眠症が移ったように急激な眠気に襲われて頭に霞《かすみ》がかかり、その大半

を夢うつつに聞き漏らしてしまった。悪いことにその話を他の〈夢喰い虫〉が盗み聞きしていたため、先を越されたバクは、結局その翌日も夕暮れの儀式に加わることができなかった。

5 街の噂・星の話

街の夜空、プラネタリウムの偽の夜空のように街を半球型に覆った夜空は、いつも降るような星空だった。

ここでは、星は星座を形造るためのみに在《あ》る。一個ずつが点として独立しているのではなく、数十個数百個が隙間なく連なりあって白い線となり、季節季節の星座、例えば人面花、天の海豚《イルカ》、番《つが》いの蜻蛉《トンボ》、笛吹き男、天の気流を計る風見鶏、等々の輪郭を形づくっているのだった。これらの腐蝕銅版画風獣人虫魚像は、フラムスティードの星球図譜に表わされたような星座群に比べるといずれも数倍から数十倍に及ぶ規模の大きさを持っている。中でも最も大きい星座の一つである〈牧神〉などは、その全身が完全に登りきった時には、顎《あご》ひげのある顔は西の地平線に、そして蹴爪《けづめ》のある足は東の地平線に届き、半球型の天の湾曲面に沿って空いっぱいに長々と躰を伸ばすのだった。そして街の夜空は、このような白い線描きのヒトや獣の図形を一面に嵌《は》めこんだまま、一夜かけて街の空をめぐるのである。

夜空一面に所狭しとたてこんだ無表情な星座群は、人々を不安にさせる。生き物ではないただの星座ではあっても、巨大なヒトや獣の顔が、それも複数の顔が一晩中頭上に見えているその情景は、人々にある種の強迫観念を与えるのである。すべての季節の星座はそれぞれ素気《そっけ》ない横顔を見せていたり、または放心した表情で空の一点を漠然と眺めていたりするものばかりで、一つとしてその視線が街を見おろしている星座はない。が、それでも人々は、ふと夜空を見上げた時、それらの顔の一つと目があうような気がして仕方がないのだった。

毎夜空に登ってくるたびに、星座群の姿が少しずつ違っているという噂は、かなり前からあった。例えば顔の角度が前の夜と比べてほんのわずか変わっていたり、表情が少し違っていたりするというのである。最初のうちその違いはごく微妙なもので、目のさとい〈夢喰い虫〉たちしか気づかない程度だった。が、それは次第に激しくなってきてそのうちに、何の飾りも無かった筈の処女神の腰に、ある夜突然幅広の飾り帯が締められていたりするようなことまで起きるようになった。最近では、前の夜には端正なギリシア風の横顔を見せていた女神の顔が、次の夜地平線から現われてきた時には思いきり皺《しわ》苦茶《くちゃ》の顰《しか》め面《つら》だったりするようなことは日常茶飯事となり、ひどい時には、天の北と南に離れた位置を占めていた筈の山羊《やぎ》飼い女と蟋蟀《コオロギ》使いの奇術師が、翌晩には山羊と蟋蟀《コオロギ》を放り出して、夜空の中央で熱っぽく絡みあっていたことさえあった。こうなってくるとさすがの人々も、彼らが単なる模様や図形ではなくてそれぞれの意志（天体的意志）や感情（天体的感情）を持って天体的生活を営んでいるのだと考えざるを得なくなってきたのだが、それにしても最近の星座たちの乱脈ぶりときては、地上の人間を莫迦《ばか》にして軽く見ているとしか思えない、という批難が街では高まっている。

――そして、星座からこぼれ落ちた星は絶えず夜空のどこかを流れ続けた。くっきりと白い尾を曳《ひ》いて流星は玩具の真珠玉のように墜《お》ち続け、時には花火のように破裂した。闇に銀粉を撒《ま》き散らして炸裂《さくれつ》した星の破片は、炎を曳いて次々に暗い地平線に吸い込まれてゆき、あとには白い水蒸気がひと筋、煙のように立ちのぼるだけだった。

昼間地平線の下に沈んでいる間には生きて動いているかどうかは分らないにしろ、夜空に登っている間には、星座群は白い線で描かれた壮大な図型あるいは模様として、微動だにせず沈黙を守り続けたし、またその間隙を縫って、流星は天上の虫のように白い微細な点となってあちこちをせわしなく走った。街の天体の運行に関するこういった機構の裏に、何者かの意志が存在するのかどうか、それは街の人々に窺《うかが》い得ることではなかったが、ただ、これらの星々や星座があくまでも宇宙に属するものではなくて、街を中心とした巨大な半球型の空の平面上に属するものだということは誰の目にも明白だった。この何となく不自然でうさんくさい天上の機構は、人々に機械仕掛けめいた天体の観念を持たせたが、その機械仕掛けの中心の滑車を回す見えない手の主は〈あのかた〉であるに違いないと、街の噂は言う。

6 街の噂・海の話

街の外に何があるのか、街の人々は誰も知らない。

浅い漏斗《じょうご》型の街は、四方を荒野に取り囲まれている。その平原を、どの方向に向かうにしても十日と十夜の間歩き続ければその果ては海だというが、それを自分の目で確かめた者は一人もいない。街の噂によれば、泡立つ紺青《こんじょう》の大洋の中心に円形の平坦な大陸があり、その中央に臍《へそ》のように陥没したところがこの街なのだという。

平原の果てをきわめ、その噂の真偽を確かめようと街を出ていった者は何人かいたが、そのほとんどは二度と帰ってこなかった。旅の途中で引き返してきた数少ない者たちは、憑《つ》かれた目で人々にこう語った。街の漏斗の縁を越えて一歩外に踏み出せば、そこはただ目の届く限りの平坦な荒野――漏斗の内側の、見せかけの地平線に取り囲まれた狭い世界ではなくて、真の地平線の果てまで続く円盤状の荒野だった。その荒野を歩き続けるあいだ、目に映ったものはただ、野面《のづら》の果てまでなびいていくまばらな草の波と、地平線の端から端へと流れ過ぎていく七色の帯状の雲だけだったと。

――夕暮れになると、円形の地平線は炎をあげて燃えた。四方から押しよせる夕闇の中、日蝕時のコロナのように遠くちろちろと炎をあげる真紅《あか》い環《わ》の只中《ただなか》にひとり立って、旅人は野火に囲まれた獣の恐怖に捉われる。やがて荒野に夜が降り立ち、遠い炎の帯が徐々に立ち消えていく頃、風を孕《はら》んでわずかにどよめく大気の底で、恐怖にかられた旅人は狂ったように走り始める。いつか方角を見失って夜の平原を走り続けるうちに、ある者は運よく街に帰りつき、ある者はそのまま行方不明になった。もしかすると駆け続けた末に海岸線の白い絶壁に辿《たど》りつくことができたのかもしれないが、その時彼が泡だつ紺青の大洋の向こう、数億の砕ける波の咆哮《ほうこう》に満ちた空間の向こうにはたして何を見たかは、誰にも分らないことである。

しかし、外から街へやってくる者が全くいないわけではない。皮膚の浅黒い蓬髪《ほうはつ》の商人たちは、荒野を越えて街へやってくる。貴重な香料や酒を運んで来るのが彼らの商売だが、荒野の外の様子を尋ねても、彼らは笑って答えない。商人たちは、仲間同士にしか通じない異国の言葉を話す。手まねで商売をすませると彼らはまた荒野を越えて帰っていくが、何処《どこ》へ帰るのかは誰も知らない。一度、〈夢喰い虫〉の一人が後をつけたことがあったが、朝早く街を出発して数時間後の真昼間、荒野の途中で、隊商は燃え立つような陽炎《かげろう》の向こうにかき消すように見えなくなったという。

いつか〈海〉が平原を越えて街へ押し寄せてくる日が訪れるという伝説が、街には古くから伝わっている。その夜、闇の中で〈海〉は境界を越え、陸地を侵す。〈海〉は地平線上で燃える炎の環を呑《の》み込み、四方から平原を越えて押し寄せ、そしてその輪を次第に縮めて最後に街に届くだろう。〈海〉は漏斗型の街を捉え、縁を越えてなだれ込み、街の底めがけて奔流するだろう。繁吹《しぶき》をあげ渦を巻いてなだれ落ちる怒涛《どとう》の中で、その時街は一個の巨大な大渦巻《メールストローム》となる。——そして一夜かけてあらゆる物を押し流し荒れ狂った激流も、翌朝永遠の水平線から太陽が登る頃には静まりかえり、世界は沈黙の夜明けを迎えるだろう。膨張して半透明に濁った太陽は、太古の表情を取り戻した世界に白々とした光線を投げかけるだろう。そしてその陽が沈む時、茫々《ぼうぼう》と広がる水平線の彼方《かなた》からはたして今と同じ星座群が登ってくるかどうか、それは〈あのかた〉にしか分からないことだと街の噂はいう。

7 〈禁断《あかず》の部屋〉の女

ある日バクが劇場に来てみると、正面の入口は閉ざされ内側から閂《かんぬき》がかけられていた。腹をたてたバクは扉を叩き、中にいる筈の雑役夫たちを大声で呼ばわったが返事はなく、耳を押しあてて様子を窺《うかが》ってみても人のいる気配は全くない。翌日もその翌日も劇場の入口は閉ざされたままで、押しても蹴《け》っても扉は微動だにせず無表情に静まりかえっているだけだった。それでもなお諦《あきら》めきれずバクはさらに数日間劇場に通い続けたが、結局自分が閉めだされたことを悟ると後は新しい河岸《かし》を捜す気力もなく、一日中娼館の中をうろついて過ごすようになった。劇場が内側から締めきられて誰も中へ入れなくなったという噂は、もちろんその日の夕方には街中に広まったが、それが誰のしわざなのか、また中で一体何が行なわれているかということは、〈夢喰い虫〉たちにも分らなかった。ただ、〈あのかた〉が主催するという公演の日が近づいていることだけは確かであり、今度の措置もその準備のためだという噂はひそかに流れていた。

が、すでに劇場に対する関心を失ったバクは娼館から一歩も出ず、侏儒《こびと》の鳥籠の下の長椅子に寝そべって居眠りをしたり、広い館の中を無意味に歩きまわったりというその怠惰な暮らしぶりは、バクの躰《からだ》をますます丸くした。嗜眠症の侏儒《コビト》は、相変わらず広い壁の片隅でただ一人言葉を紡《つむ》ぎ夢を織り続け、商売熱心なマダムは館の中の事にしか興味を持たず、目に見えない街の裏側に何かのからくりがあり何らかの意志がそこに働いているとしても、さしあたり館の中の日常には何のかかわりもないように見えた。そしてバクは怠惰な日々の中で体重を増し続けた。

娼館の中には、〈禁断《あかず》の部屋〉がある。〈あかず〉とはいっても、鍵もかかっていなくていつでも中が見られるのだから形容矛盾なのだが、それでも館の女たちは代々この優美な呼び名を使っている。

狭い木の階段を幾つも登り、折れ曲がった渡り廊下を越え、薄暗い廻廊を通り抜けた北西の突きあたりに、その部屋はある。部屋に近づくにつれて外界の物音はボリュームを絞ったように次第に小さくなり、やがて低いざわめきになり、ふっつり跡切《とぎ》れる。扉は音をたてずにゆっくり開く。中に広がるのは……粉っぽい、どこか蒼《あお》みを帯びた冷たい空間だ。

この空間は、こちらの世界とは違った次元に属しているらしい。部屋の中で、光は少しだけずれて進む。だから部屋の中の風景はすべて少しだけ歪《ゆが》んで見え、部屋の奥にある窓のあたりはほとんど完全にぼやけて、外の景色は全く見えない。そして、水の中の不純物が水底に沈澱するように、部屋の空気は密度の濃い部分が床の近くに沈澱して薄く濁っていた。そのむらのある空気には、一面に黴《カビ》が生えているらしい。古いパンの表面に青黴が生えるように、沈んだ色調の青緑の黴が暗くくすんで、所々まばらに鈍い燐光《りんこう》を放っている。そのため、戸口に立って眺める部屋の光景は、古びて色の褪《あ》せた一葉の写真のように見えた。

……女は、部屋の空中に引っ掛かったように静止している。踊る人のように両腕を宙に投げ出し、足は右の爪先が軽く床に触れているだけで、不自然に胴を半分捻《ひね》っている。顎をのけぞらせた顔に長い髪が乱れかかっているので、弾丸に撃ち抜かれた額の丸い穴は戸口からは見えない。——十年前、女はこの部屋で撃たれた。十年前のその日、馴染の客が扉をあけた時、部屋の真中に立っていた女は振り向いて男に笑いかけた。撃った男はそのまま逃走、行方不明。そして弾が女の頭蓋骨を貫通した瞬間、部屋の時間は静止した。男に取り残された女とその部屋の時間は、流れるのを止めた。しかしマダムの話によれば時間は完全に停止したわけではなく、ほとんど目に見えない程度ではあるがわずかずつ流れているらしい。女の躰は、床に対して約四十五度の角度で後ろに傾いているが、十年かかってこれだけ倒れたのだという。最初の何年かは物珍しさから客や店の女たちがよく見物に来ていたのだが、今ではみんな飽きてしまってわざわざ見に来る者もいない。

それでも時々侏儒《コビト》が誘うので、バクは鳥籠を抱えて狭い木の階段を幾つも登り、折れ曲がった渡り廊下を越え、薄暗い廻廊を通り抜けてその部屋へ行った。扉をあけ、隣りに鳥籠を置いて床に坐り、二人は頬杖《ほおづえ》をついて女を眺めた。女の鼻と口からほとばしった一筋の血と粘液が、空中に糸を曳《ひ》いてそのまま静止している。長い年月の間に、女の躰もその洋服も部屋の空気の色に染められ、十年前には黒かった髪も今では色褪せた粉っぽい青緑に変色してしまった。街の噂では、逃げた男は〈あのかた〉の手によって海の向こうへ渡ったという。女が床の上に倒れ伏すだろう十年後、彼女がその死を死に終えるだろう十年後に、男は再び戻って来るだろうか。その時、男を取り戻した部屋は再びその時間の流れをも取り戻すだろうか。

すべてはその時が来てからの女の気持ち次第だと侏儒は言う。なにしろ、撃たれた女が即死したとは誰にも断言できないのだから。

8　浮遊生物の下降と羽根の沈澱

そしてその夜、風のない真夜中に羽根は突然降り始めた。

娼館ではちょうど最後の酔客が無数の扉の一つによろめきながら吸い込まれていったところで、広間にはマダムと数人の売れ残った女たち、そして侏儒《こびと》とバクが残っているだけだった。昼の間眠り続けていた侏儒は真夜中近くになってようやく目を醒《さ》まし、鳥籠の中で何かしきりにひとりごとを言っていた。

夜が更《ふ》けて空気が重くなってきた、と侏儒は愚痴っぽくブツブツ喋《しゃべ》り続けた。特に今夜のような風の死に絶えた夜には、重い空気が躰の中に沈澱して血の濃度が少しだけ濃くなるから、その重さでもうすっかり疲れてしまった……若い頃には空気の重さなど感じたりはしなかったものだが……。

ろれつの回らない女の声を先触れとして、広間の反対側の大階段の上に、早帰りの客が見送りについてきた女と一緒に現われた。女は酩酊《めいてい》の様子で、尻尾でも握るような手つきで客の外套《がいとう》の裾《すそ》を摑《つか》んでいる。踊り場まで降りて来るとふいに女は裾を離し、大股で窓によろめき寄って首を外に突き出した。

羽根が！　という声に、全員が踊り場を見上げた。窓の前で振り向いた女の顔の、目にも鼻の穴にもO《オー》の字にあけた口にも、白い羽毛がぎっしり詰まっている。一瞬後、糸が切れたように膝が砕けて女は大階段を転げ落ち、床の上にその躰が静止した時にはすでに息絶えていた。ひと目見るなりマダムは立って玄関の扉を閉ざし、閂《かんぬき》をして言った。

今夜は帰れませんよ。羽根が降り始めましたからね。

客は弱々しく抗議を始めたが、別の女に外套の裾をつかまえられて、再び二階へと引きずられていった。

風が凪《な》いで羽根が降り始めたのならば、と侏儒が小声で言った。

今夜街では、また人死にがたくさん出る……。

このような風のない真夜中、街に羽根が降ったことが何度かあったとバクは聞いていた。わずかに反《そ》りをうった純白の羽毛は、夜の空を垂直に、一糸の乱れもなく降りしきる。どこか遠い建物の一室で、破れた羽根枕の裂け目から夥《おびただ》しい羽毛が部屋いっぱいに乱れ飛び……ふとそれが虚空に森《しん》と静まり色蒼《あお》ざめて、やがて空一面を降ってくるのだ——そう言った者がいたが、街の噂によればこの羽根は、いつもは天の高みに浮遊しているある生物の群が、街の上空に下降してきて生殖活動を行なう時に落ちてくるものだという。〈鳥でもなく、人間でもない〉〈ブワブワ空中に浮遊し、直立して微笑するもの〉（と噂はいう）である彼ら、いかなる人間にも一度もその姿を見られたことのない彼らは、風のない真夜中、街からまっすぐに立ち登ってくる人間の熱気を吸収しながら、ほとんど無限に分裂を繰り返し自己増殖していく。その時震えながら抜け落ちてくる羽毛の微細さから推定して、彼らを鼠《ねずみ》のような小動物と考えることもできるし、また鯨《くじら》のように巨大な胴体一面に、鳩の胸毛のような羽毛がびっしり生えている様子を想定することも可能である。

白い羽毛は夜の街路と屋根屋根に降りつみ、街全体を養鶏場の床のように見せ、夜明けまでに街は羽根蒲団《ぶとん》を解《ほど》いた後のようになる。しかし数メートルの厚さに散り静まった羽毛は、翌朝最初の陽光が射すと同時に綿菓子のように溶け始め、黄昏《たそがれ》どき人々が寝床から起き出してくる頃には糸屑《いとくず》のような繊維の固まりを残して消えてしまう。やがてわずかに残った残骸も跡かたもなく蒸発し、後に陽炎《かげろう》さえも立つことはない。

9　地下室の人魚の話

翌日、まだ消え残った羽毛が綿菓子製造機の中の白い綿屑のように市街を覆っている白昼《まひる》、人気のない娼館の一角をうろついていたバクは、薄暗い廊下の途中で突然床を踏み抜いた。あっと叫んだ時にはバクの躰は暗い竪穴《たてあな》に呑《の》み込まれ、一瞬後、穴の下側の口から吐き出されて広い部屋に転げ落ちた。打った腰をさすりながら周囲を見まわしてみると、そこは今まで来たことのない大地下室だった。最初、薄闇の中に透明な壁が幾重《いくえ》にも重なりあって闇の奥へ続いているように見えたのは、よく見ると無数に積み重ねられた水槽なのであり、地下室の空間は、中央の細い通路だけを残して、水族館のように大小の水槽で埋まっているのだった。

この部屋は半地下になっているらしく、四方の壁の最上部、天井に接した部分には、横に細長い明り取りの窓が穿《うが》ってあり、そこから色の薄い陽光がわずかに射して、水槽を薄ぼんやりと照らし出している。その水槽の中を一つ一つ覗《のぞ》き込みながら、バクは通路を端から端まで歩いてみたが、淀《よど》んだ水の底に半ば泥に近い不潔な砂がぶ厚く敷きつめられているだけで、生物らしいものは見えない。その時ふとバクが振り向くと、中央の大水槽の水影に人の目が光った。近寄ろうとすると、その気配に人影はかすかに揺れて泡を吐き、泥煙りがわずかに立ってゆらりと尾鰭《ビレ》が現われた。突然気づいて周囲を見まわすと、無数の水槽の中で半分泥に埋まった顔が薄く目をあけている。水槽の中は砂ばかりと思ったのは、半魚人の砂色の躰が泥に埋まって眠っていたのに気づかなかったのだった。

地下室の人魚の噂は、バクも今までに聞いたことはあった。娼館のあちこちに人間ではないものを数多く置いているのがマダムの自慢だったが、人魚といえば下半身は魚体の筈で、それでどうやって客をとるのかとバクは前から不思議に思っていた。それでも、見ていると毎晩平均四、五人の客が地下室へ降りていく。一度マダムに尋ねてみたことがあったが、人魚はいつでも湿っているものだからという答えが返ってきただけだった。その地下室にバクは今偶然入り込むことができたわけで、何故《なぜ》か人魚を見せたがらないマダムの様子から考えても、今を逃せば人魚を見られる機会はないに違いない。

物珍しげにバクのほうを見ていた人魚たちもやがて飽きたのか、いつの間にかまた目を閉じて砂の中に頭を引っ込め始めていた。部屋の中が異様に静かなのは、人魚たちの大半が眠っているためらしい。白昼の大地下室の中、水槽の鉄製の縁が淡い縞模様の影を落としている水の底で、人魚たちは眠っている猫のように瞼《まぶた》に皺《しわ》を寄せて砂にうずもれている。

人魚たちは、遠い海から商人の手でここへ送られてきたという。夜明け前、覆面の黒馬の曳《ひ》く車に乗せられさみしい街道を通って館に着いた人魚たちは、ランプの光の中をこの地下室に運び込まれる。ことはすべて秘密裡に行なわれ、マダムの手から商人の手に海豚《イルカ》の紋章入り紙幣の束が渡された後、地下室に通じる重い扉は閉ざされ、人の口は閉じられる。しかし鉄の扉も街の噂を封じることはできない。噂によれば、人魚たちは狩られてきたのではなく、自ら進んで商人の手に身を委ねてここへ来たのだという。

——人魚たちは海を恐れる。海の碧《あお》を、その底の深みを、世界の果てこの世の果てまで続いていく摑《つか》みどころのない広がりを、人魚たちは恐れる。(遠い大洋の深みの底で、水平に広がる白い砂に背中を押しつけ、長い髪ばかりを海藻のように垂直に漂わせながら、瞬《まばた》きもせず何千尋もの水の堆積を通して何かを見あげていたという人魚の話が、街に流れたことがある。）そして海の恐怖が頂点に達する満月の夜、人魚たちは海から逃げ出す。海流に乗って陸地に漂いついた人魚たちは、岸辺に立って呼ぶ商人の声に惹《ひ》かれ、薄いぬめりに覆われた両腕を広げてその網の中へ滑りこんでいくのだという。

薄明るい通路の中央に、比較的小さな底の浅い水槽が置かれているのにバクはふと気がついた。覗《のぞ》いてみると、中には一匹の小柄な人魚が眠っている。時おりその眉が顰《ひそ》められるのは、その頭の中で遠い海の悪夢が発酵しているからに違いない。階上の物音に耳を澄ませてみたが、まだみんな眠っているらしく人の気配は全く感じられなかったので、バクは水槽の蓋《ふた》をあけ、砂の中から人魚を引きずり出した。手が触れた時人魚は一瞬砂色の眸《め》をあけたが、躰が水の外に出るとたんにぐったりして瞼を閉じた。青い鱗《うろこ》の匂いのするその躰を石の床に降ろし、明り取りから射し込む薄陽《うすび》の下に引きずってくると、人魚が女であることが分った。トゲのある鰭《ヒレ》やビクビク脈打つ鰓《エラ》があちこちに生えた砂色の皮膚は、ごく細かい透明な鱗にびっしり覆われている。眼で見ただけでは滑らかに見えたが、指の腹で逆さまに撫《な》で上げてみると鱗は逆らい、冷たい魚の感触を残した。

ふと気づくと、人魚の躰中の毛穴から分泌された半透明の粘液《ねんえき》が、いつの間にか床を濡《ぬ》らして大きな円形のしみをつくっている。手を触れると、粘液は糸を曳いた。気味が悪くなってバクが立ちあがろうと床に手を突いた時、その腕に人魚の手がぬらりと絡んで吸い付いた。はっと顔を上げると、異様に近々と人魚の顔が黒い口をあけて笑っている。するとその顎が全く唐突にガクンとはずれ、胸まで垂れさがった。

きゃっと一声叫んで、振りはらっても離れないのをバクは数メートル引きずって逃げ、脚に絡みつこうとするのを蹴とばした。人魚は音をたてて床に頭をぶつけ、とたんに頭蓋骨が半分陥没した。同時に眼球《めだま》が裏返って眼窩《がんか》に落ち込み、その時すでに魚体は半分以上溶解して、鱗が一面にずれ落ちていた。先刻落ち込んだ穴めがけてバクは逃げ出し、走りながら振り向いてみると人魚の屍骸は歯と爪を剝《む》き出し、粘液の水たまりの中で魚の干物のように干からび始めていた。

人魚の躰は、水から出ると分解するらしい。すると毎晩この地下室へ降りてくる客は水中で人魚を相手にするわけで、ということはその客たちもまた人間ではないということになる。マダムが人魚のことを口にしたがらなかったのは、そのせいだったのだろうと考えながらバクは部屋の隅の階段を駆け登り、天井の穴に手をかけた。そのとたん、頭の上で蓋《ふた》がしまった。

……気がつくと、バクは広間の隅のいつもの長椅子に横になっていた。もう夕方らしく、化粧まえのマダムや女たちが店をあける準備に追われてあたりを走りまわっている。まだ日暮れ前だというのに侏儒はもう目を醒まして、自分の掌のひらを眺めながら鼻歌を歌っていた。珍しいこともあるものだと、呑気《のんき》なことを考えながらバクは鳥籠を見あげていたが、突然夕暮れの儀式のことを思い出し、クッションを蹴《け》って飛び起きた。今なら、まだ間にあう！　と叫んで床に飛び降り、扉に突進しかけると誰かが後ろから呼び止めた。

行けないよ、今日も。

振り向くと、侏儒が顔をあげてニヤニヤしている。

聞こえていないからね……風の音が。

広間の向こう端の玄関のあたりで、小さなざわめきが起きた。扉の前に一団になった女たちがしきりに羽根、羽根、と騒ぎたて、その真中ではマダムが、一度開きかけた扉を閉め直している。マダムは音をたてて閂《かんぬき》をかけ、今夜も休業だよ、と不機嫌な顔で宣言した。

そしてその夜から風のない夜が続き、羽根は毎夜尽きることなく降り続けた。羽根は降りつみ、市街のあらゆる表面、放射状に走る大通り、その間隙を埋めて迷路を形づくるあらゆる路地、舗道、無数の傾いた屋根屋根を覆い尽くしてなお降りつもった。

街では毎夜死者が数を増した。娼館でも、ある夜二階の窓をあけはなして眠っていた一人の女とその客（羽根の降り始めた夜から居続けの客）が、うず高く積もって窓から崩れ込んできた羽毛の下敷きになって窒息死するという事件が起き、その頃から街では夜ごとあらゆる窓と扉がぴったりと閉ざされるようになった。しかし、それでも朝になると、溶け始めた羽毛の堆積の下から窒息死した人間の手足が現われてくる光景が街路のあちこちで見られた。やがて昼さがりになれば、すべての羽毛が消え去った路上には四肢を硬直させた屍体だけが残される。が、死の原因となった微細な羽毛がその口や鼻の穴から消えてしまった屍体は、少し滑稽《こっけい》に見えた。

無言の警戒令が街に布《し》かれているにもかかわらず戸外に出て窒息死する人間が絶えないのは、裏に何かあるからに違いないという噂が流れ、その噂の後を追いかけて〈あのかた〉の名前が口々に囁《ささや》かれた。

(人が大勢死ねばそれだけ多くの熱気が上空に立ちのぼることになる)

(上空で繁殖を続けている生物の陰謀?)

(〈あのかた〉がその裏で……?)

(――劇場の公演の日が近づいている――)

……そして、陽光を浴びても溶けきらない羽毛が、万年雪のように夕暮れの路上に消え残る日が来た。日が沈み空が暗くなると同時に羽根はまた降り始め、消え残った堆積に新たな厚みを加えていった。そしてその上空では姿の見えない無数の生物が繁殖を続け、昼も夜も人々は戸を閉ざしたまま外へ出ないようになり、風の死に絶えた街を悪い噂だけが飛びかった。

10　カタストロフ・崩壊と飛翔

その夜、娼館の広間の片隅でバクが目を醒《さ》ました時、頭上のいつもの場所には侏儒《コビト》の鳥籠がかかっていなかった。見渡すと広間には人影ひとつなく、何処《どこ》か廊下の向こうで、あけ放された扉が揺れて軋《きし》む音がかすかに聞こえるばかりだ。あわてて起きようとした時、バクの片手に硬い封筒が触れた。取り出してみると、白い大型封筒の中には、上等なアート紙に印刷された〈あのかた〉からの招待状――。

だだっ広い広間の対角線上を駆け抜けて、一気に玄関の扉をあけると途端にざわめき声が顔を打ち、灯《とも》の一面に点った館の正面ではもう迎えの馬車が出発するところだった。

街路に降りつんだ羽毛は、いつの間にか馬車が通れる幅だけきれいに取り除かれていた。

舗道の両脇に残された羽毛の堆積の、その直角の断面ばかりが白々として、微動だにしない夜更けの大気が森《しん》と重く垂れ込めている。羽根は完全に降りやみ、久々に姿を現わした女面鳥が、地平線の端から端まで長々と夜空に伸びていた。

馬の後ろにつながれた大型の箱車には、館中の人間や人間でないものが詰め込まれているらしく、暗い小窓からひっきりなしに女の手足だの鱗《うろこ》のある尻尾だのが突き出されたり引っ込んだりしている。マダムの巨体が馬車の扉につかえて、女たちが大騒ぎしているのをぼんやり眺めていると、背後から数本の腕があわただしく伸びてきてバクは窓から馬車に押し込まれた。女たちのスカートの襞《ひだ》に転げ込むのと同時に馬車はひと揺れして、劇場をさして走り始めた。

相変わらず眠っている侏儒の鳥籠の上に登り、バクは小窓の覆いを少しめくって外を覗《のぞ》いてみた。が、街の家々も街路のガス灯も完全に灯を消し、ただ馬車のランプの灯が道々の白い羽毛を照らし出すばかりだった。やがて目が暗闇に慣れてくるにつれて、漏斗《じょうご》型の真暗な市街の四方から、無数の小さな灯が街の中心めざして移動しているのが見えてきた。そして、放射状の街路を四方から駆けくだり押し寄せてくる馬車、その一台一台に〈あのかた〉からの招待状を握った街の住人たちを満載した馬車の灯は、徐々にその間隔をせばめ、やがて市街の中央、漏斗型の街の底に位置する劇場前の広場でひっそりと一点に集結した。

最後の一人が入りおえて正面入口の大扉が内側から閉ざされると、たちまち場内に熱気と人いきれがむっと立ち籠《こ》めた。すり鉢の底からはるかな大ドームの高みまで、人々の吐く息が蒸気になって濛々《もうもう》と白く立ち登っていく。街中の人口をそっくりその内部に収容できる巨大な容積を持つ大ホールは、〈薔薇色の脚〉の最後の公演以来の、と言うよりそれ以上の超満員で、開演を待つ人々はそれぞれ少しでもいい場所を占めようとして互いに罵《ののし》りあい、舞台を中心として同心円を成す階段席や、円筒状に層を成して円天井のあたりまで積み重なった桟敷《さじき》席の各階、またそれらをつなぐ狭い通路などで、局地的な小ぜりあいを続けていた。時おり何人かが桟敷席の手すりから溢《あふ》れ出してパラパラ墜落していったが、下はどこも身動きできない大混雑であり、その上に落ちこんだ連中は怪我をした様子もなく人の頭の上を這《は》って、また円柱をよじ登っていく。それら無数のざわめきがドームに鈍く反響して、全体が一つの大きな波になり、場内は喧騒を極めていたが、その中にひときわ大きな声が幾つも混っているのは、〈夢喰い虫〉たちの必死の声なのだった。人々がその声の出どころを訝《いぶか》しんで場内を見渡すと、その疑問はすぐに解けた。円筒形の場内の周囲には数十本の円柱が桟敷を支えて林立しているが、その柱の途中に取り付けられた照明器具を足がかりに、〈夢喰い虫〉たちは羽のある甲虫《かぶとむし》のように柱から柱へ飛び移りながら大声で噂話を喚《わめ》き散らしているのだった。夕方になっても路上に羽根の堆積が溶け残っている状態になって以来、誰一人戸外へ出られず、夕暮れの儀式も不可能になっていたのだが、そのあいだにも噂を街に広めるという使命に燃える彼らは高い窓から窓へ梯子《はしご》を掛け、戸別訪問によって噂を流し続けていた。梯子が折れて羽毛の山へ墜落しそのまま窒息死するという事故も相ついだが、彼らは昼夜を問わず懸命の努力を続けていたのであり、今夜も深夜だというのに居眠りを始める者もなく、街中の人間が一堂に会するという絶好の機会に興奮した彼らは唾《つば》を飛ばし目を血走らせて、持てる限りの噂話を吐き出していた。

(地下楽屋では何が起きている？　円形舞台中央の上げ蓋《ぶた》は閉ざされたままだ)

(劇場の地下は大迷路になっていて、何処《どこ》へ通じているのか分らない地下道がいくつもあるという)

(〈あのかた〉が今そこにいるのだ)

(そこにいるのは確かかもしれないが)

(問題は舞台の上で今夜何が行なわれるかということだ。誰が歌い誰が踊り誰が演じる？)

(劇場の踊り子はいなくなったし、演出家も死んでしまった。舞台に現われるのは誰だ？)

(〈あのかた〉自身が？　まさか！)

(劇場の雑役夫たちの話によれば……)

その雑役夫たちの話の内容を、実をいえばこの時、バクは他の〈夢喰い虫〉たちよりも早く知っていた。知っていながら彼らに加わってその話を広めようとせず、こうしてすり鉢状の客席の底、円形舞台に一番近い最前列でマダムたちと一緒に耳を傾けているのは、自分がもう〈夢喰い虫〉ではなくなってしまったからだろうかとバクは考えた。マダムたちとバクの馬車は劇場に一番乗りで到着し、マダムのノックに答えて中から大扉の閂《かんぬき》を外したのは雑役夫たちだった。後からなだれ込んでくる群集に押されて、マダムたちはいい席をとるためどっと階段を駆け下ったのだが、その波に押し流されながらバクは雑役夫の一人を捉えたのだった。その老人の言うことによれば、彼ら雑役夫たちは、劇場の扉が締めきられたあの日、ある〈声〉を聞いたのだという。彼らはその〈声〉の命じるままに全員地下楽屋を引き払い、舞台中央の上げ蓋を閉じてそれを固定した。それから正面入口の大扉に閂をかけ、その日以来今日までずっと大ホールの埃《ほこり》を拭《ふ》き清めることで日を過ごしてきたのだと老人は語ったが、そのあいだ蓋は固く閉ざされたままであり、時おりその底から野太い低音で哄笑《こうしょう》するあの〈声〉が洩《も》れてくるだけで、もちろん誰一人地下楽屋に出入りした者はないという。その〈声〉とは何だ、とバクが問いつめると老人はにわかにうろたえて視線を外し、中空に響き渡ったあの声は〈あのかた〉の御声《おこえ》に違いない、恐れ多いことだもったいないことだと繰り返すばかりで要領を得なかった。——すり鉢の底から見上げるドームの中は、光り苔《ごけ》の燐光のような色の薄い光に満ち、その中に白い埃が浮いてキラキラ輝いている。数十本の円柱に支えられた黒硝子《ガラス》製の円天井はやたらに複雑な彫刻や浮き彫りに覆われているが、その無数の細かい彫刻群が蠕動《ぜんどう》しているような気がして、バクは座席の上で顎《あご》を突き出すようにして真上を見上げた。あまりに高くて照明の光が届かず、最初よく分らなかったのだが、よく見るとそれは客席に入りきれなかった連中が天井にまでよじ登り、ありとあらゆる出っ張りにしがみついて蠢《うごめ》いているのだった。

ようやく席が定まり喧騒の静まってきた場内に、〈夢喰い虫〉たちの声は徐々に明瞭に響くようになり、人々は次第に聞き入り始めた。

（日ごと落日と共に、荒野を取りまく四方の地平線は遠い野火のように炎をあげて燃えた）

（一日も欠かさずにそれは続いた。それがこの世界の日常だった）

（でもそれは昨日までのこと）

（今日初めて炎は消えた。毎夕燃え続けた地平線の真紅の環《わ》が今夜初めて見えなかった）

（それは〈海〉の到来の伝説――？）

（浮遊生物の群は夥《おびただ》しい繁殖の末に、巨大な大きさに膨れあがっている筈だ）

（空は晴れて羽根もやみ、上空には影ひとつ見えない。天の高みへ帰っていったのでは？）

（それは違う。群はまだ街の上空を動いていないという情報を摑《つか》んでいる）

（あまり増えすぎて、その重みで上昇できなくなったのだ）

（では何故姿が見えない？　星座群は何の邪魔もなく見えているのに）

（浮遊生物は透明だからだ。羽根は、その躰を離れた瞬間可視物に変わる。透明生物の躰を透かして、星座群が見えているのだ）

（自己増殖の末重くなりすぎた透明生物の群が、その重みのため徐々に下降し始めている）

（下降の果てに街の漏斗の縁を過ぎ、街の内部にそれは下降を続け）

（沈み続けて街の底、漏斗の底へ）

（この劇場の丸屋根は）

（声の侵蝕で脆《もろ》くなっている筈だ！）

（しかしこれは偶然だろうか？）

（海の到来と浮遊生物の下降と〈あのかた〉の招待が重なったのは、偶然などではない）

（〈あのかた〉は何故踊り子も歌うたいも奇術師も道化役者もいない劇場へ我々を招待したのだろうか？）

（街中の人間を今夜この劇場に集めることが目的だったのか？）

（それより、〈あのかた〉とは一体何者だ？）

（誰一人気づかない間に、どうやって街中の街路の羽毛を掻《か》きのけた？　どうやって街中の住人一人残らずに招待状を届けた？）

〈その姿を見た者は？　その正体を知っている者は？〉

〈誰も知らない、誰にも分らない〉

〈どれだけ手を尽くして探っても、それだけは分らなかった〉

〈我々〈夢喰い虫〉の努力も〈あのかた〉の正体を明かすことはできなかった〉

〈〈あのかた〉とは何者？〉

〈わからない〉

〈わからない〉〈わからない〉

〈わからない――〉

ワカラナイと呟《つぶや》きおえた一人が、力尽きたようにぽとりと円柱から墜《お》ちた。続いて残りの〈夢喰い虫〉たちも、目を半ば閉じ口を薄くあけたままパラパラと墜ちてゆき、瞬《また》く間に円柱の表面から全員の姿が消えていった。人々の頭上に墜落した彼らの躰は異様に軽く、これは声を出し尽くした抜け殻なのだと人々は悟った。

さて、その間バクは座席にじっとしていたわけではなかった。〈夢喰い虫〉ではなくなったものの、以前の縄張りだった地下楽屋の様子が気がかりで、自分の好奇心を満たすためだけにバクはこっそり席を抜け出したのだ。侏儒は鳥籠の中で眠り続けていたし、マダムたちは〈夢喰い虫〉に気をとられていたので誰にも気づかれずにその場を抜け出したバクは、客席と舞台との間に穿《うが》たれた環状の溝に滑り込み、そこから円形の舞台に這《は》い上がった。丸い一枚岩でできた舞台の中央に、地下へ通じる竪穴《たてあな》の上げ蓋がある。取っ手を引いても蓋は動かず、見ると丸い蓋の周囲は漆喰《しっくい》で塗り固められ、わずかな隙間もすっかり密封されていた。叩いてみても中からは何の反応もなく、耳を押しあてても物音ひとつ感じられない。押しても引いても蹴《け》とばしても何事も起きず、バクは次第に熱中して自分のいる場所を忘れた。いつの間にか劇場中の声が死に絶え、森《しん》と静まりかえっていることにも気づかず、漆喰を爪で引掻《ひっか》いたり蓋の上で足を踏み鳴らしたり、夢中になって蓋と格闘したあげく、バクは最後に大声で〈あのかた〉の名を呼ばわった。

中に、いるのか?

本当は、いやしないんだろう!

——その時、正面扉の上にかかった大時計が深夜零時をさした。時を告げる機械仕掛けの鐘の音が荘重にドームに響き渡り、十二回目が鳴り終わると同時にゼンマイの弾《はじ》ける音がして、ぴたりと針が停止した。

わっと突き抜けるような喚声《かんせい》が反響して劇場全体が震動し、ぶ厚い距離を隔てた地の底で何かが崩壊した。にぶい地響きがして建物全体が激しく縦揺れし、地下で落盤が起きたらしく、土砂の崩れ落ちる音と爆発音が続けざまに響く。と同時に舞台中央の上げ蓋がポンと音をたてて吹飛び、その途端どっと夥しい白煙が噴き出した。一瞬空中に弾き飛ばされたバクの躰は、上昇曲線を昇りつめると今度は放物線を描いて落下してゆき、円柱のランプの鉤《かぎ》に引っ掛かって宙釣りになった。その時、悲鳴と叫喚《きょうかん》が急に高まったと思うと、階段状の客席が底に向かって徐々にずり落ち始めた。球形に近い体型のマダムが、真先に舞台めがけて鞠《まり》のように転がっていくのが見え、続いて無数の人影が斜面を転げ落ちていく。濛々《もうもう》と立ち籠めた白煙の向こうに、異様にゆっくりと陥没していく舞台が見えた。

その時、二度目の衝撃が頭上から墜ちてきた。劇場中のすべての目が上を見あげ、鉤から服を外して円柱にしがみついていたバクも、下へ這《は》い降りるのを中断して天井を見あげた。漆黒《しっこく》の硝子《ガラス》天井の頂点から発した白い亀裂は、円天井の周囲に向かって最初は静かに、そして徐々に速度を増してキラキラ輝きながら走っていく。葉脈状の細かい罅《ひび》は、見るみる広がって最後に大ドームの縁に達し、そして一瞬すべての動きが静止した。

颯《さつ》と光が溢《あふ》れて、一時《いちどき》に天井が砕け散り、と同時にどっと銀粉をぶち撒《ま》けたように夥しい羽毛が虚空に舞った。一拍遅れて、硝子の砕ける破壊的な轟音《ごうおん》が場内にとどろき渡り、軽い羽毛が舞い落ちてくるより速く無数の鋭い硝子《ガラス》片が雨のように降りそそいでくる。同時に、天井によじ登っていた者たち、翅《はね》の生えた者や尻尾のある者、爪や歯のある者、血の冷たい者、鱗のある者などありとあらゆる異形《いぎょう》の影が頭を下にしてわらわらと墜ちてきた。上から降ってきた何かがぶつかって、バクは円柱から叩き落とされ、桟敷席の四階あたりから一番下まで、悲鳴の尾を曳《ひ》いて墜落した。一階の手すりを摑《つか》もうとしたが、上からなだれてくる勢いが激しくてそのまま押し流され、硝子《ガラス》片で針ねずみになった観客の躰や桟敷の残骸、白い光を曳き音をたてて降ってくる硝子などとごっちゃになって、傾斜をなだれる渦に巻き込まれた。渦の底に沈みそうになったバクは、必死に足掻《あが》いて表面に首を出したが、血繁吹《しぶき》や漆喰の粉、黒硝子の粉末などが渦巻いて息もできず、苦しまぎれに何か摑んでふと見ると、それは無傷のままの鳥籠だった。拳《こぶし》大の扉はあけ放され、中は空《から》のように見えたが、一瞬後には離ればなれになった。さらに押し流されていくバクの目に、桟敷を支える無数の列柱が軋《きし》みながら崩れて内側に折れ曲り、観客たちがどっと空中に投げ出されるのが見えた。と同時に羽根の渦をまともに浴びて何も見えなくなり、口いっぱいに吸い込んだ羽毛が気管に詰まり息が止まった。目が眩《くら》んでもう何も分らなくなり、ひとかき足掻《あが》いて、これを最後に渦の上に顔を出したその時、鼓膜が破れるような衝撃がバクの顔面を直撃した。巨大な裸足《はだし》の足が、一撃で大地を踏み割ったようなある〈音〉が中空に轟《とどろ》いて、がん、と反響した音がその瞬間凝結し、同時にすべてが静止した。

……人々は奈落の底へなだれ落ちようとする姿勢のまま凝固した。物の影は壁一面に散乱した一瞬のかたちに静止し、崩れ落ちる硝子の破片、また桟敷から墜ちてくる無数の人影が空中に静止した。煽《あお》りを喰って算を乱した羽毛は、乱れた動きの瞬間に凍結し、すべての光は流れるのをやめ、崩壊した場内の空間は粒子の荒れた微妙な薄明りに満たされた。

奈落の底に見開かれたバクの二つの目は、ギザギザに縁取られたドームの穴と、その上に茫々《ぼうぼう》と広がる動かない虚空を、黒い鏡のように映していた。丸屋根を破壊した浮遊生物の群の、その透明な躰を透かして見る夜の空は色が滲《にじ》んでかすかにぼやけ、天頂の幾つかの星座の姿も、微妙に歪《ゆが》んで見えていた。

——その中央、天の真上に、侏儒《コビト》の姿があった。白い線描きの星座となった侏儒は、目を閉じ指を咥えて胎児のように丸まっていたが、その姿はやがて徐々に回転し始め、次第次第に速度を増しながら虚空を遠のき始めた。天の半球の平面上に貼り付いた星座群の中央で、侏儒の姿はさらにその高みに向かって上昇し続け、いつかケシ粒ほどになり、微細な白い点となって、最後に見えなくなった。

そして後には、星の姿の欠落したひとかたまりの暗黒が、奥深い口を開《あ》けていた。

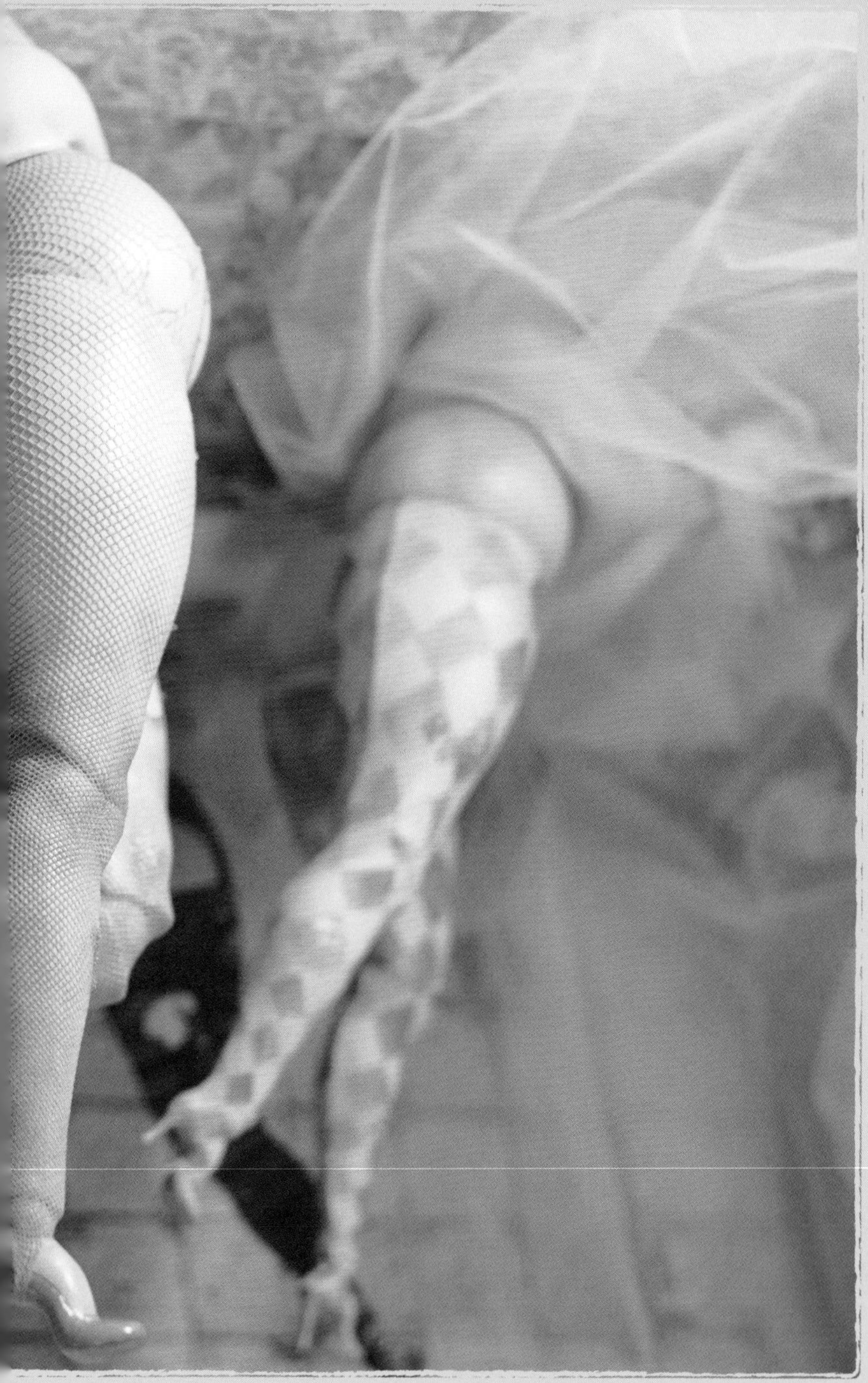

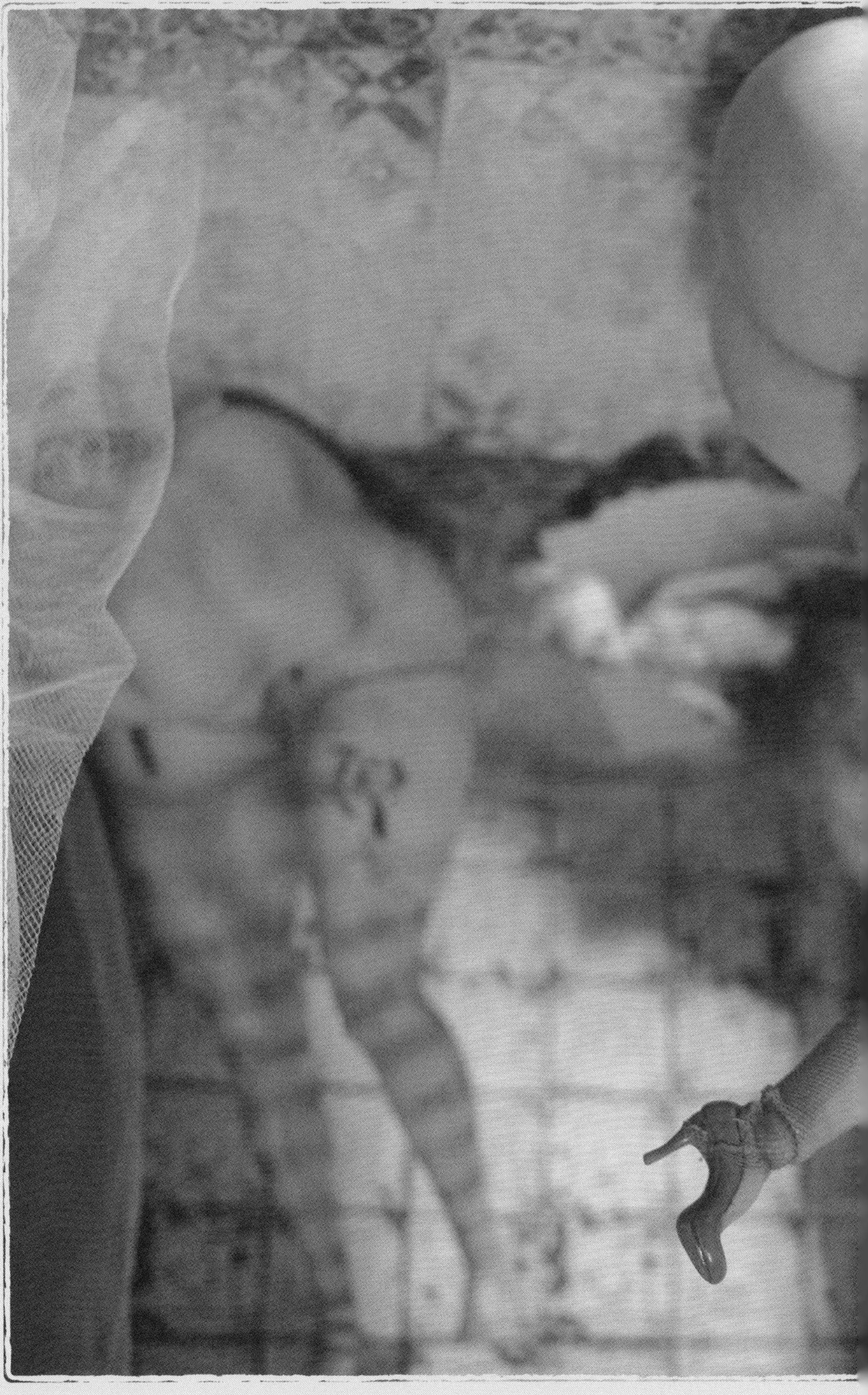

漏斗と螺旋

漏斗の街にはむかし行ったことがある。そこは記憶によれば大量の言葉の吹き溜まる場所であり、風はつねに螺旋の渦を巻く。「いいえ、あなたは忘れてしまったのよ。何もかも」と道連れである不可解な女はわたしに向かって言う。「歳月がたち過ぎた。あなたは年老いた。もはやそこまでたどり着くことも無理でしょうよ、このままでは」

砂埃よけとして頭部と顔の下半分にきつく巻きつけたわれわれのストールはしばしば風に攫われそうになり、そのたび懸命に押えつけながら女は繰り返し執拗に言い続ける。こうした状況により、相手の容貌を正確に確認することはむろんのこと不可能である。「無駄な努力と認めるべきね。ほら、その足取りのよろよろとしておぼつかないこと。少しは見苦しさを自覚してはどうかしら。若かったころの強靭な筋肉も敏捷性も、あなたはもはや失っているのよ。あ、いま躓いて転びかけたわね。言わないことじゃない。素直に認めて引き返すのよ。今ならまだ間に合うかもしれないでしょう」

　何に間に合うというのかしら、とわたしは言い返す。しかしこちらも厳重にストールを巻きつけているので、声はくぐもって我ながら聞き取り難い。こうしてげんざい歩いている場所は確かに砂地の多い荒地であり、大量の飛ぶ砂により荒れた粒子の視界はあくまでも不良で、あらゆる方向の空と地平は曖昧な薄暗さと薄明るさとの混淆となっている。歩行による疲労よりも眠気がひどく、意識はともすれば朦朧となるのだった。――「むかしは隊商を組んで向かったものだったわ、あの街には」と急に思い出してわたしは言う。が、隊商とはいったい何であるのかまったく判然とはしない。「ほうらね、あなたは忘れたのよ、何もかも」道連れはまたしてもそのようにきっぱり宣言し、おぼつかぬ思いのまま背後を見返れば、荒れた砂地にここまで長なが続く足跡はどう見てもただひと組だけ――それもじき風に掻き乱されてしまう。と、とつぜん耳元にがらがらと轍の音らしき音響が生じ、それは急に耳栓を抜いたかのような唐突さだったのだが、道連れの女がさっと手を挙げ合図をし、そして音をたてて傍らに寄ってきたのは巨大な木製の車輪を持つ箱車の側面らしきもの――先頭の御者が何らかの動物を操り曳かせるらしいのだが何の動物ともわからない。充分に静止しているとは言い難い箱車の内部へと女はすばやく飛び乗りながら、ストールの隙間からあからさまな侮蔑の一瞥をわたしへ残す。それではこれが隊商であったのか――地響きをたて遠ざかる巨大車輪つき箱車の列を見送りつつ、その行く手に漏斗の街があることのみわたしは明瞭に理解する。

夜はすでに始まっており、雲の翳りを急激に消失しつつある夜空はただ暗黒でなく、恐らくは下方の漏斗の街からの照り返しがあるのか、どこかほの明るかった。照らされるのは地平線に近い星座群であるらしく、あれは地平から半身を乗り出しかけた笛吹き男、人面鳥番いのトンボ、とひとつひとつ胸に湧き立つように名を思い出せるのだったが、巨大な星座群は今でもおおどかな様子の白い線描きの絵図として黒い天球面上に貼り付いていた。これを星座、星の連なりと呼ぶのは便宜上のことに過ぎず、白い線がいかなる成分で出来ているのかまるで不明なのだが、それでもたとえば古拙な顔だちで横目づかいの笛吹き男の表情は記憶にあるとおりであって、見つめるうち巨大な顔の相手と目が合うようなことも昔はしばしばあった筈である。ただし地平から離れるにつれ線の白さは急激に薄れ、頭上の夜空の大部分に至ってはただ真っ暗であり、昔の記憶とはかなり様相が違っているようでもある。しかし肝心なことは、闇を進むうちに今や漏斗の街の存在が間近となっていることであり、視界下方からの輝きはぎらつきを増し、夜気を通して殷賑のざわめきすらはっきり伝わってくる。ならば街は今も生きていて、活動があるのか——先行していた筈の隊商の列は夜景のどこにも見当たらず、そしてついに街のへりから見下ろせば、巨大な火口にも似た逆円錐構造の内部にぎっしり立ち並ぶ建物群のすべてにあかあかと燃える灯があり、そのもっとも底に大劇場の姿がある。

「いいえ、あなたはすべて忘れたのよ。あなたは老いた。それを認めるべきね」

空耳に聞こえたが、足元の砂はさらさらと動いて崩れ、現われたのは白い骨のようなもの――むかし知っていた誰かの頭骨のようでもあったが、しかしそれが誰なのかわかることはないだろう。わたしは思い、靴底の骨は動物か侏儒の頭骨の如くに脆くも砕け、砂に混じる。

「あたしはね、むかし薔薇色の脚だったのよ」――赤いハイヒールに短いドレスの女はそのように言い、腰掛けたスツールの上でこれ見よがしに網タイツの脚を高だかと組み替える。その脚は確かに見事に充実して張り切った大腿部を有し、膝から足の甲までの長大な距離に至っては目で追うのに相当の時間を要するほどだ。眠くてたまらない目にその光景は夢の一場面のような、それでも奇妙な鮮明さでもって眼前いっぱいに隈なく拡大される。綻《ほころ》びの感じられる網タイツの色目は褪せているが薔薇色と呼べば呼べるようで、ただしふくらはぎの肉づきに残念ながら垂れ下がる緩みの線が感じられ、網目越しの皮膚も汚れて寒々しい鳥肌がたっているようでもある。「むかしはね、むかしのことよ。あのころは楽しかった」女は言う。

紛れ込んだ店内では音楽らしきものも鳴っていて、往来する人影の数はそれなりに多いが、こちらに接触してくることはない。相変わらず眠気がひどく、女が何を思ってわたしに話しかけてきたのかまるでわからないのだったが、どう見ても干乾びて萎んだとしか言いようのないその顔は極端に小さく、乏しい頭髪の毛艶の悪さといい肩幅の狭さや胸板の薄さといい、堂々と腰骨の張った下半身の充実ぶりとはまるでちぐはぐな貧弱さなのだった。

煙ったような店内の奥手にはそこだけ色づいて照明されたステージがあり、ちょうど薔薇色の脚たちが踊っているところだった。それは一見してそのような演目に思えたが、上半身が隠れる位置まで薄い垂れ幕が下がっており、多人数の躍動する色つきタイツの脚だけが見えている。「あれはね、贋もの。ほんものの薔薇色の脚は、もはやいないの」女が言うと、「ほんものはみな死んでしまったね。こいつも贋もの」そのようにカウンター内の影のような人物が急に発言するが、その口調は台本を読むように不自然でもある。「――劇場付きの演出家たちもいなくなったし、そもそも薔薇色の脚の逃走劇は街いちばんの有名な事件だった。生き残りなどひとりもいないよ。そいつの言うことはみな、嘘の作りばなしだね」「あのときはあたしもいっしょに逃げたのさ」骸骨めく小さな顔を必死に紅潮させる様子で女は喋り続ける。「足裏を舐めまわすちびの演出家たちを蹴散らして、強靭な脚と爪先だけで踊り狂い、涸れ萎びた上半身はただ振り回されるだけだった。あのときの感覚は、二度とないあの快楽は決して忘れられるものじゃない——まるで白く燃え上がる星ぼしのあいだを駆け抜けていくようだった。言葉の地平を越えるとそこは何もない真空で、輝きながら力強くステップを踏む薔薇色の脚たちの姿だけがあった。演出家たちの吹き込む言葉を足裏から吸収したことなどみな忘れ、豊満な下半身のみ照り輝く力に満ち満ちて、何度も急回転して振り回されるたび、手指の先や髪が放電して白い火花を散らすのがわかった。気が遠くなるようだった。もともと腰から上は、乾燥きのこのように小さく枯れ縮んでいたあたしたちだったけれど——」

「そしてひとりだけ泥に墜ちて、這い回るうち元の姿へ戻り始めたのだったかね」カウンター内の影の男が再び発言し、「ああそのとおりさ。あたしはむかし薔薇色の脚だったが、今はそうじゃない、そうじゃない」酩酊する様子の奇妙な女はくどくど言い続ける。「街の噂屋たちもすっかり姿を消した今、ものごとを正しく伝えてくれる者もなくなった。どうなったのだろう、あの輝かしい薔薇色の脚たちは。失われた過去の栄光は——」

腰掛けているわたしは鬱々と眠いまま、カウンターの端に置かれた大きな鳥籠を眺める。気づいてみると、なかなか重厚なつくりのカウンターの外見は先ごろわたしが旅した先の酒場《バル》のそれを大雑把に模しているようでもある。畳んで手に持っているベージュのストールの生地は引っ掛かりのある手触りで、少しでも動かすたび微量の砂が零れだすのがわかる。奇妙な女によって語られる薔薇色の脚についての顚末はどうも記憶にあるそれとは若干の食い違いがあるようでもあり、そしてカウンター上の古めかしい意匠の鳥籠には何も入っておらず、ふと頭に浮かんだ疑問は抵抗なくそのまま口から出てしまう。

「ここはむかし、娼館だったのではないかしら」

「今どき娼館などはね、時代が違いますよ」と、どの位置にいても顔の半ば以上が影になる男は言う。ただしその口調は今までに比べればずっと自然に聞こえる。「二階に部屋はたくさんありますがね。上がっていくこともできますがね。屋根裏部屋も地下室も、今でもちゃんとございますよ確かに。どうされます」

開かずの部屋などもあったのではないか。頭のなかでそのように考えると男は頷き、「店の女が殺されたので評判になっていた部屋のことでは。今では誰もいませんよ。ただの空き部屋ですね」

さらに考えの続きを追っていると相手がどこかへ向けて合図を送るのがわかり、誰かここへ現われる筈だがそれは誰だろうと思ううち、舞台で薔薇色の脚を演じていた踊り子のひとりがやって来た。網タイツとぴったりした衣装の上にサイズが大き過ぎる男物の革ジャンパーを着込んでおり、当人はまだほんの子どもで、その顔は若々しくて邪気なく見える。

「あたしみたいな者が来るとは思ってらっしゃらなかったでしょう。まあ、ほんとうは誰だっていいんです。ただの使い走りですから」

そして娘は革ジャンパーの内側から苦労して何か取り出す様子で、いろいろ摑み出したなかから折り畳んだ紙を選ぶと、広げて読み始める。その紙はかなり堅そうな厚手の紙で、具体的な手触りがこちらにもよく伝わってくる。

「ええと、伝言です。大事な伝言。ここはね、確かにあなたが若いころ創出した世界ですが、必ずしもそのままとは限らない。でもあなたの限界を越えることはたぶんない。それが問題、とのことですけれど――とにかく、いちばん大事な部分を読みますよ。いいですか」と娘は真面目な様子になり、紙に目を近づける。「――条件についてです。あなたはこの街で眠ることはできない。眠れば、この世界で目覚めることは二度とない。ですから、この場に滞在できるのは眠らずにいられるそのあいだだけ。期限つきとなりますがそれでよろしいか」

目を上げてわたしを見ると、娘は頷いて折り目つきの紙を元どおりに畳む。「今日のステージは終わったので、ご案内もできます。まず上に行きますか、この建物の」

元は薔薇色の脚だったという奇妙な女はカウンターに突っ伏して鼾《いびき》混じりの寝息をたてており、半ば影に浸った男のほうは調度の一部と化したかのように気配を消している。それからわたしたちがカーブのある大階段を登っていった先は二階の部屋部屋やそれに付属するあれこれで、どこを見てもさほどの違和感はなく、何やら見覚えがあるとわたしは内心でそう思う。下の階でも同様だったが、過去に見たことのある洋式建築の印象が組み合わさってこの場の光景が出来ているためだと考えられなくもない。過去というのは子どもほど若かった頃からげんざいに至るまでのことで、言葉のみを用いて世界を構築するしかなかった時分から積み重なった年月を思えば致しかたないと言えるのかもしれない。それでも〈禁断の部屋〉に近づくにつれ空気の色も変わるようで緊張を覚え、そしてついに開かれたままの扉口に立って眺めれば、ずっと奥手に暗い窓がひとつあるだけ——さほど広くもない殺風景な部屋であるのだったが、ここはこのような場所だったのかとさすがにわたしも感慨を持つ。

　この場だけ時間が淀むという無人の室内は暗く、窓外の街灯りはぼんやりとして、廊下側から射し込む明るさが板張りの床の一部を照らしていた。暗い隅にはマットレスを外したベッド枠と琺瑯製らしい洗面台のみ残されており、剝き出しの床板は歴年の染みだらけであって、そのどれが血溜まりの痕であるとも判然とはしない。「——ここで撃たれてから倒れて死ぬまで、二十年もかかったといいますね」並んで覗き込みながら娘が言う。「でも何だか、ただの殺人現場みたいじゃないですか」

「屋根裏や地下室はどうなのかしら」わたしは言う。「言葉だけで出来ていた世界がこんなふうに見えるなんて」

「いや、でしたらあまり期待はなさらないほうがよろしいかと」と娘はやや慌て気味になる。わたしの言うことをどのように受け取ったのか、それからわたしたちはかなり不毛なやり取りをする。

「地下室でしたら水槽はたくさん残ってます。ぜんぶ空っぽで乾ききってますけど、水垢で緑に変色した特大サイズのものとか。屋根裏でしたらまあ、ただ汚いだけなんですが。土壁の一部にむかしの痕跡がありますね」

「何なの」

「おおぜいで引っ掻いて掘って逃げた跡。穴になってます」

「――そちらは自力で逃げたとして、人魚のほうはどうなったのかしら」

「年配のかたってけっこうロマンチック好きなんですよね」娘は平然と言う。「天使とか人魚とか、お幾つになってもねえ。ああいえ、天使に雌雄ありとか、あたしも好きですけれど。娼館の屋根裏で不衛生に癒着し合いながら増殖する、とかですね」

それらすべてはこの娘ほどの年齢で想像したことなのだと思いつつ、わたしはストールを左手に持ち直し、その場にしゃがんで室内の床板へと手を伸ばす。空気の境い目の抵抗などはないものの右手のみモノトーン気味に変色するのがわかり、まさかほんとうに触れることができるとは思わなかったが、禁断の部屋の床はワックスが剝げた古い床板の手触りを有していた。鼻孔には室内の空気に含まれるしんねりと湿っぽい黴臭さすら感じられる。あるいはそれらのすべては経験によるイメージの付与に過ぎないのかもしれなかったが――それでも撃った男が逃げてから時間が淀むというこの部屋で、斜めに傾いたままずっと静止していた女のイメージについて鬱々と思いをめぐらし、そのうち意識が白く飛びそうになったため、「ここはもういいでしょう」とわたしは膝を軋ませながら辛うじて立ち上がる。
「羽根なら今でもちょくちょく降りますよ。むかしほど景気よくではないですが」――娘は心得たふうに頷き、革ジャンパーのポケットから煙草を取り出すと、いっぽん抜いてわたしへ差し出してくる。

夜は生ぬるく無風のままで、砂地に吹き荒れていた風のことなどここでは忘れられたかのようだった。漏斗の内側は外部の強風から守られているのかもしれず、それでもここでは風はつねに螺旋の渦を巻いていた筈――大量の言葉を内部に孕み、せわしなく攪拌しながら。わたしは思い出しながら夜の深い底を歩いており、路上からはるかに見上げれば漏斗のへりに近い夜空にのみ白い線描きの星座の存在を認めることができる。時間が経過しただけ天球も回転したのか、その様相は先ほど見た折に比べてかなり変化している。あれは巨大な牧神の一部、天の気流を測る風見鶏、とかたちを追ううち夜目がきくようになったのか、鮮やかな白い線は夜空の多方面にわたって滲み出し、それぞれ向きの違う白い絵図もまた賑々しく数を増す。凝視すれば回転の速度もかなりはっきり感じられるのだが、しかし天頂部のあたりは相変わらず暗黒の穴のままであって、「今でもね、いるんですよ。数は減ったけれど、羽根を降らせるものがちょうどあのあたりにね」と傍らを歩く踊り子姿の娘は解説を加える。「それより足元に気をつけて下さいよ。手を貸しましょうか」

そのようにあからさまな扱いをしてくるのだったが、凹凸の多い石畳の路面は漏斗の街らしくつねに下りの傾斜を有し、すなわち螺旋を描きながら漏斗の内側を下っていくのだった。あたりに賑わう街の音や路上の影の通行人もまた意外な多さとなっており、あかあかと照明が多い反面、影も濃い街路光景はわたしの見知っている旅先の夜の街々のイメージの集積でもあるように思える。そこへ頭上の星座群やら漏斗の街の驚異の全体光景が加われば、じゅうぶんに旅情やら郷愁やらを呼び覚ます類いの眺めとなっている。舗道の片側はどこまでも続いていく低い石垣となっており、転落防止用とはいえその高さはせいぜい腰ほどであるので、漏斗の内側ぜんたいの大光景は嫌でもつねに視界内にある。ぜんたいとは不充分な言いかたであるが、反響音と街灯りに満ち満ちた夜の漏斗内の光景はどうしてもそのように呼びたくなるもので、しかもいつの間にかかなり下ってきたらしく、今や見上げる光景は円形劇場の桟敷席の構造を思わせるものともなっている。その反面、夜空は狭くなり隠れてしまった星座もあるのだが、頂点の中心部には相変わらずもやもやとした暗黒部が窺える。

「劇場の様子はさいしょにご覧になってますよね」と傍らの娘は水を向けてくるものの、わたしは取りあえずその話題を避ける。さいしょに街のへりから見下ろした折の光景は容易に忘れられるものでなく、何より驚くべきことは漏斗の底に大劇場の存在が認められたことである。であるには違いないのだが、ただ今げんざい歩行中である下りの路上からただちに漏斗のもっとも底を見下ろすことには無理があり、へりの石塀まで近寄って確かめればよいものの、それよりも先を急がねばならない気がしたのだ。

「ええ、まだもうしばらく歩くことになりますから。何しろ直線でなく、螺旋状に少しずつ下っていくのですからね」とつねに察しのよい案内の娘は言い、そして周到に付け加える。「質問はお早めに。だってあなたときたら、歩きながらでも眠ってしまいそうだから」

劇場を間近に見るまで決してそのようなことはない、とわたしは請けあうが、疲労の蓄積による意識の混濁は否応なく増しつつある。しかし大劇場ならばむかしの事件で崩壊しており、しかもそれは街の住人すべてをその裡に集めてのことであった筈なのだが――「そこに屋根が見えているのは娼館のマダムの隠居所。店にいた女たち何人か今も抱えてます」といった具合に娘は時おり説明を加え、糸が切れた多連の真珠玉が娼館の床へ転げ出すイメージのみぼんやり浮かぶものの、忘れてしまったことのほうが明らかに圧倒的に多そうである。「そうよね、たとえば海」と急にわたしは口に出して言う。「星座のイメージを創り出したあと、続けて遠い海のイメージを書いた。でもあれは何だったかしら」「あなたの海はいつでも遠い。内陸部ではないけれど、直接海へ出ることはできない土地で育ったから」娘は言う。「でもいつか、海へ出なくてはならないですよ。内海から外洋へ。そうしたものです」「——ああでも、とうとう羽根が降り出したわ」わたしは手を翳して言う。

夜の闇と漏斗の街の眩さとを垂直に越えてきたひとひらの白い羽毛は指先に触れ、するとどこからともなく無系列の文章がやって来て、それは一方的に始まる。

〈わずかに反りをうった純白の羽毛は、夜の空を垂直に、一糸の乱れもなく降りしきる〉〈白い羽毛は夜の街路と屋根屋根に降りつみ、街全体を養鶏場の床のように見せ、夜明けまでに街は羽毛蒲団を解いた後のようになる〉〈いつもは天の高みに浮遊しているある生物の群が、街の上空に下降してきて生殖活動を行なう時に落ちてくるもの〉〈数メートルの厚さに散り静まった羽毛は、翌朝最初の陽光が射すと同時に綿菓子のように溶け始め、黄昏時人々が寝床から起き出してくる頃には糸屑のような繊維の固まりを残して消えてしまう〉——————とつぜん復活した古い活字の文字列は見る見る行を増し、それらがいかなる場所において正確に復元されていくのかまったく理解の外であるのだが、連想を招きつつ文字列はさらに膨れ上がっていく。

〈街は、浅い漏斗型をしている〉

〈劇場を中心として海星の脚のように放射状に走る無数の街路が、ゆるい傾斜で四方へ徐々にせり上がってゆき〉〈魚眼レンズで集めた映像のような半球型の空の、東半分だけが暮れかけて〉〈陽が斜めに射した人のいない小広場では日々割れた泉水盤が森閑と埃をかぶり、街角の時計台では古びた針が音もなく時を刻み続け、鎧戸を閉ざした家並は内に人の気配を潜ませたまま、森と静まりかえって〉〈海の沖から津波が押し寄せてくるように、街並の向こうから遠くザワザワと軍隊蟻の行進のような音をたてて広場に忍び寄ってくるのは〉〈見るみるうちに声の群は四方から輪を押し縮め、数万の羽虫が唸るような声の中に、切れぎれに言葉の断片が聞きとれるほど近く迫って――〉

そしてまた、〈踊り子たちはまさしく骨盤と二本の脚だけでできているような体型をしているのである〉〈目の前には薔薇色の膝頭が位置していたが、そこからさらに高みに向かって緩やかな曲線が徐々に広がり、その線は天井に近いあたりの暗闇に位置する生々しい巨大な腰に続いて〉〈その腰の上に寄生物のように生えている上半身は、今では完全に生気を下半身に吸い取られ、サルの躰ほどに縮んでいた。皮膚は水分を失って茶色に変色し、関節ばかりが目立つ骨と皮の腕は何かに摑みかかろうとする形に硬直して、長い爪を剝き出している。乾燥して筋肉が引き攣ったため口をぽっかりあけたその顔は、すでに生きているものの顔ではなかった〉

〈そこは数十条の光の滝の谷底だった。はるかな円天井の高みから放射された光の束は、この谷底の円形舞台の中心に束ねられて一点に集中し、その他すべての照明は消されて、真の闇がぶ厚く劇場の空間を埋めていた。そして、その闇の奥に数千の目があった。舞台を取り囲むすり鉢状の客席にびっしり並んだ数千の目、そしてその上部の円柱状の内壁に数十の層をなして、はるかな円天井めざして積み重なっている環状の客席の数千の目が、闇の向こうに見開いて光の底の一点を凝視している。バクはその圧倒的な視線の重みにたじろいで顔を伏せ、その時初めて舞台上の惨状に気づいた〉――

初めて物語を、小説を書き始めたとき、〈わたし〉の物語を書こうとした。人称代名詞抜きの一人称の文体で夢の棲む街の光景や出来事を書き記そうとして、たちまち躓いた。そこで〈ドングリのような体型〉の〈夢喰い虫〉に片仮名の名を与え、穴に落ちたり立ち眩みを起こしたりさせるうち、初のささやかな短編が出来た。歳月を経て、おぼろな記憶を頼りに改変して創り直した漏斗の街に思いのほか大量の羽根は降り続け、あかあか照明の勝った漏斗の底でそれは白い新雪のよう。石畳を侵食し罅割れさせるほどという言葉の螺旋の渦はもはやここには見当たらず、それでも頭に巻いたストールに羽毛は次つぎ絡みつき、これはかりは確かな手触りを持つ。——新たな大理石仕様の大劇場は〈薔薇色の脚〉凱旋記念公演中とやらで、大混雑の人いきれのなかでわたしは案内の娘を見失う。さいごに見たときは革ジャンパーの内側からベージュのストールを引き出して頭に巻きつけており、あれならこの春先のパリ北駅で足止めされて買った一枚だと急にわたしは気づく。見覚えのある地模様、光の反射でエッフェル塔の脚の部分らしき文様が浮き上がって見分けられたのだ。行列して待たされるのが寒くてならず、小さな売店には薄手の生地のものしかなかったので二枚購入し、そのときは重ねて用いたのだった。

〈数十条の光の滝の谷底〉を見下ろすとき、〈わたし〉は消えてイメージのみが残る。あるいは言葉たち。舞踏する薔薇色タイツの二本の脚たち、つるりと滑らかな断面を持つ下半身のみ光の滝に曝し、闇に浮遊して踊る薔薇色の脚たち、薔薇色の脚、薔薇色の。

薔薇色の、言葉と肉——川野芽生

女には下半身しかない。

〈薔薇色の脚〉——それは女の肉体へのフェティシズムが極点に達した姿だ。女が見世物にされるために管理され、性的魅力を担う下半身ばかりが欲望のまなざしを注ぎ込まれてグロテスクに肥大し、知性や人格を担う上半身は打ち捨てられて無惨に矮小化している。彼女たちをこのような状態に追い込んだのは演出家たちの〈コトバ〉である。〈コトバ〉は男性的な欲望の媒体であり、饒舌な演出家たちによって言葉を注ぎ込まれれば注ぎ込まれるほど、女たちは言葉も話せぬ状態へと追い込まれる。

何かを美しく思うこと、美しいものを作り出そうとすること、それはとても暴力的でグロテスクな欲望で、どんな芸術も他者を搾取することからは逃れられない。

わたしたちはみんな、〈薔薇色の脚〉なのではあるまいか。じぶんの肉体に向けられた無遠慮なまなざし、不躾な言葉によって拒食に追い込まれたり過食に走ったりする、わたしたち。——生マレテ初メテ〈小説〉ヲ書クトイウノニ、イキナリ〈薔薇色ノ脚〉カラ書キ始メルトハ。イカニモ奇妙ナコトデハナイカ。

新しく書き足された「薔薇色の脚のオード」の末尾に、演出家たちの書き散らした言葉として——それも、秘められることによって殊更に注意を惹こうとするかのように、紙片の裏側に——こう記されている。なぜ奇妙なのかと言えば、女性作家が作家として出立するにあたって、女性であり作家であるということのジレンマにすでに直面し、演出家と〈薔薇色の脚〉とに引き裂かれていることを隠さなかったからである。饒舌な〈コトバ〉を操り美を作り出す芸術家と、彼らによって搾取され、沈黙させられる女性たちと。

では女性にとって言葉とは何だろう？〈薔薇色の脚〉たちは自由を求めて劇場から集団脱走する。踊り子として、コトバのない世界の縁を踊ってみたかった——と彼女たちは言うのだけれど、コトバのない地平は彼女たちの救いになっただろうか？　言葉＝男性／肉体＝女性という二分法はそれも演出家たちが押し付けた枷に過ぎない。

「夢の棲む街」において、〈薔薇色の脚〉を差し置いてみずからが踊ろうとして観客に撲殺されたはずの演出家たちは、「薔薇色の脚のオード」では〈薔薇色の脚〉に舞台上で蹴り殺され、踏み躙られたことになっている。そしてすでに存在しないはずの彼らは、死に絶えたはずの〈薔薇色の脚〉たちが踊り狂う中に身を投じては、踏み躙られて死ぬことを目論む。

言葉のない地平を夢みているのは、演出家たちのほう。言葉を超えた圧倒的な美に圧し潰されて絶命することに焦がれているのは、演出家たちのほう。彼らにとって美とは絶対的な他者であり、独裁者であるべきなのだ。彼らは自身が作り出した美が自身の制御を離れて自身を振り回し、蹂躙してくれることを渇望している。

であれば、演出家たちを蹴り殺したことも、かなしいかな彼女たちの叛逆にはなり得ない。嬲り殺されることも彼らの欲望のうちなのだから。

では、どうしたら?

だから、このものがたりは滅亡によって締め括られなければならなかったのかもしれない。みずからが生み出した、歪で醜悪な美しい世界を、みずからの手で葬り去ることで責任を果たそうとしたのかもしれない。

けれど、街は繰り返し、繰り返し蘇る。

「漏斗と螺旋」で、年老いた「わたし」はかつて訪れた漏斗の街を再訪しようとするが、「あなたは何もかも忘れてしまった、もうそこへ辿り着くこともできない」と自身の分身のような女に言い聞かされる。それでも、辿り着いた街にはいまも灯が点っているもよう。これがほんとうにあの街なのかはわからない。

贋もの、嘘、という言葉が繰り返される。いまいる〈薔薇色の脚〉は全部贋ものだ、と語る、元〈薔薇色の脚〉を名乗る女。彼女も贋ものだ、と別の人物。

薔薇色の脚たちの逃走劇の顚末は、みっつのものがたりでどれも異なっている。「漏斗と螺旋」では、薔薇色の脚たちの逃走は成功を収めたことになっている。彼女たちは言葉の地平を超えたところで踊り狂い、街から姿を消したのだと。

「言葉のみを用いて世界を構築するしかなかった頃」――「誰かがわたしに言ったのだ／世界は言葉でできていると」という有名なあのフレーズへのアンサーがそしてここに現れる。それでは、世界はもう、言葉だけではできていないのだろうか？

「薔薇色の脚のオード」において、〈薔薇色の脚〉という呼び名の意味が明かされる。

――薔薇色の薔薇色の薔薇色の、肉質の言葉たちへの拝謁。

「薔薇色」というのは、「肉色」ということであったらしい。演出家たちは彼女たちを、受肉した言葉と見做しているのである。
肉と、言葉。その関係はいまどうなっているのか。

＊

人形にわたしはなりたかったのだが、それは他者のフェティシズムの対象、意のままになる玩弄物になりたいという願望ではなかった。むしろ逆で、わたしは誰の手にも入らない存在になりたかったのだ。
人形は、誰の手も届かない遠いところにそのたましいを仕舞っている。人間がどんな勝手なふるまいを人形にしても、人形を傷付けても壊しても、人形はそれを咎めない代わりに、許しも是認も与えない。ゆるされた、と人間が思い込むこともゆるさない。人形のたましいは、だから、決して汚れない。

中川多理の人形を初めて目にしたのは、二〇一八年に三省堂書店神保町本店で開催された「第六回博物蒐集家の応接間 Perspective 視点」で、そこに山尾悠子「小鳥たち」の侍女をモデルにした「老天使」の人形が一体出品されていたのだった。その後すぐ、浅草橋のパラボリカ・ビスで「物語の中の少女」展が開かれ、中川多理の人形を数多く目にすることができた。

そこには、物語に登場する少女たちをかたどった人形たちが集められていた。マンディアルグ『海の百合』のヴァニーナ、ガルシア・マルケス「無垢なエレンディラと無情な祖母の信じがたい悲惨の物語」のエレンディラ、アンナ・カヴァン『氷』の「少女」、皆川博子『死の泉』のレナとアリツェ。

多くが、悲惨な目に遭った少女たちである。

それまでのわたしは、人形の概念を愛していたし、人形の写真集を見ることもあったけれど、人形そのものに向き合うことはすこしこわかった。若く・美しい・女、の表象がどう扱われているのかを目にするのがこわかった。

けれど、コンクリート打ちっぱなしのその静謐な展示会場で、人形たちと目を合わせた時――彼女たちの目を覗き込むと、どこからでも視線が合うようでもあり、しかし決して合わないようでもあった――、彼女たちは誰かの作為によって作られたものでも、他者のまなざしの具現化でもなく、ただそこに「いる」のだ、とわかった。フェティッシュの対象たる「少女」をわざわざ酷い目に遭わせて楽しむといったような嗜虐趣味はそこにはなかった。

彼女たちはたしかに過酷な現実を生きていた。ふわふわきらきらしたお花畑の存在ではなく、このせかいで、傷付けられ、踏み躙られる生を生きていた。しかし、どんなに踏み躙られても、取り返しのつかないほど損なわれてしまいはしない強さを持っていた。

人形たちは、魂を水晶の函に仕舞っていた。体はこの世に置きながら、心は違う世界に逃がして、自分を守っている、そんな眼をしていた。

この世の暴力が何をしても、彼女たちは決して汚されないのだと知った。

――汚れていないから［無垢］、ではなく汚れないから［無垢］。

展示のカタログを兼ねた、雑誌「夜想」の『中川多理――物語の中の少女』を後で開くと、「エレンディラ」につけられたそんなキャプションが胸を打った。

そののち、写真展「貴腐なる少年たちの肖像」では少女ではなく少年の姿を目にした。『小鳥たち』出版記念展には、黒衣の侍女たちが厳粛な顔をして並び、わたしはまるで知らない人の葬儀に紛れ込んでしまったように感じた。人形たちはこの展示を最後に別々の引き取り手のもとへと散っていくことになるのだが、主人が亡くなってこれから離れ離れになっていく侍女たちの、さいごの集い、というイメージにあまりにたやすくその現実は馴染んで、胸がせつなくなった。

そして、侍女たちに囲まれて目を閉じる老大公妃。人形は年を取らないはずだけれど、中川多理の人形には、命がないから年を取らないのではなく、もう老成しきって、とうに化石化したからこれ以上年を取ることはないという雰囲気がある。生きて、年老いて、死んで、肉が腐り落ちて、骨が波に洗われ、なかば砂に埋れて、歳月に磨き抜かれた、そんな凄絶な清らかさがある。時の侵蝕を免れているのではなく、時と手を取り合って踊り続けたものだけが行ける、時を超越した場所にいまはいるのだと感じたのは一体の「老天使」を前にしていた時だった。肋に穴が開いて、座礁船のように横たわる彼女は、遠い昔からそこにある遺構とも思われた。

そんな人形が、老大公妃において、今度は老女の姿を取ってあらわれたのだ。それも、死んで。じぶんはいま何重の時のパラドックスを目にしているのだろうとくらくらした。最近つくられたばかりのはずの、しかし間違いなく老齢の、そしてすでに死者であるこの人形。死んでいることとはじめから生きていないことは天と地ほども違い、彼女が死んでいることそのものが、彼女が間違いなく生きていたことの証となっていた。彼女はたしかに長い生涯をまっとうして今ここにいるのだ。人形は命のない亡骸ではなく、しかしこのひとは亡骸で、からっぽの躰を置いてどこかへ行ってしまったひとであり、このひとの魂に触れることはできないのだと、でもここにこのひとの躰があることによってはじめてこのひとの魂をしのぶことができるのだと、固唾を飲んでその棺を見守っていた時ほど、肉体と魂の隔たりを、あるいはその近しさを、思ったことはなかったかもしれない。

「薔薇色の脚」の一体目の人形が展示された「山尾悠子『飛ぶ孔雀』文庫化記念展示」を訪れた時、わたしは戸惑った。彼女が——その「薔薇色の脚」が、とても可愛らしかったことに。

事前に見ていたフライヤーには下半身のみの踊り子の写真が使われていたこともあり、わたしはもっとグロテスクな、衝撃的な姿を予想していたのだった。しかし床に散る薔薇のはなびら、ピンクのチュールとピンクのカーテンに囲まれて、お気に入りの天蓋付きベッドに腰掛けるようにしてその少女はいた。なぜかじぶんは〈薔薇色の脚〉をあまり薔薇色に想像していなかったと、その時気付いた。なまなましい「肉色」として思い描いてはいても、少女的な「ピンク」のイメージは、なかった。

たしかに豊満な下半身に対し、上半身は痩せ細って骨が浮き出し、頬はこけて目の周りは落ち窪んでいるのだが、それがなぜか美の範疇を逸脱せず、あやうい均衡の中に可愛らしさを保っているのだった。

薔薇色の脚がこんなに可愛くていいのだろうか、と最初わたしは思った。醜い欲望によって歪められ、管理された哀れでグロテスクな存在のはずではなかったのか、と。

けれど彼女は——記号化された女性性としてそこにいるのではなかった。搾取された女性の象徴としてそこにいるのでもなかった。ひとりの少女としてそこにいた。

おそらく〈薔薇色の脚〉としては完全体ではないのだろう、まだ人間らしく見えるのはそれゆえだろうが、そのことが彼女を無数の脚、無名の下半身のひとつではなく、ひとりの人間たらしめていた。彼女は人間だった。彼女には人間の顔があった。それが奪われた。奪われつつある。ここに存在すること、それ自体によって、奪われることに無言で抵抗しながら。はじめから、わたしが予想していたような下半身だけの〈薔薇色の脚〉を目にしていたら、わたしはそれを〈薔薇色の脚〉としてしか見なかっただろう。象徴としての姿しか見なかっただろう。

彼女を可愛いと思うとき、生きた人間を素材に〈美〉を造り出そうとした演出家たちに、この世の理に、わたしはなかば同調しているのだという罪深さを感じもする。しかしいま可愛いと、愛おしいと感じているのは、演出家たちによって型に嵌められきる前の、生きた人間としての相貌、息遣いである、とも思う。

わたしは彼女の前で、演出家と〈薔薇色の脚〉とに引き裂かれ、揺れる。

その次の展示——「余白展（おわりのはじまり）」は、前の展示から日が浅かったにもかかわらず、案に相違して数多くの〈薔薇色の脚〉たちが集っていた。彼女たちは一人ひとり違う色の髪と眼を持ち、違う顔、違う表情をしていた。彼女たちは決して、群体ではないのだ。演出家たちの理想とする画一的な「美」の檻へと押し込められていく途中でありながら、彼女たちは一人ひとり異なる人間であることを伝えていた。

彼女たち一人ひとりに人格があり魂があるということを伝えてくるのが、その空間に在る人形としての物理的な肉体であるというのは逆説的だ。物理的身体であることを突き詰めた人形たちは、どうしてこうも、純粋な魂だけの存在のように思えるのだろう。

けれど、彼女たちを「可哀想な存在」としてまなざすのは間違っていたのかもしれない。その次の「余白展・薔」にはまた趣向の違った子たちがいた。退化した上半身から、両腕が抜け落ちてしまった子たちである。肩口の球体関節が露出して、そしてそれは、美しい色に染まっていた。翡翠色の眼の子は、翡翠色の肩関節を持ち、小さな足の爪を翡翠色に塗って、翡翠色のドレスを纏っていた。藤色の眼をした子は、藤色の肩関節と藤色の足の爪、藤色に近いピンクの髪を持ち、黒い眼と黒い髪の子は、黒い肩関節と黒い足の爪をして、黒いドレスに包まれていた。桜の枝を使って布を染めると、きれいな桜色に染まる、という話をわたしはなぜか思い出した。桜の樹の中に桜の花の色が眠っているように、彼女たちの中にはそれぞれの色が隠されていて、腕が抜け落ちたとき、それが肩口の関節に凝って結晶となった——と思われた。

彼女たちは腕を失ったけれど、それは単なる喪失でも欠落でもない、とわたしには感じられた。腕がなくなった代わりに、そこには人間にはない器官が現れた。果実のような宝石のような、色付いた球体関節が。彼女たちは人間とは異なるものに変化したのであって、不完全な人間なのではない。彼女たちはこれで完成形で、これで「大丈夫」なのだと思えた。彼女たちに加えられた暴力も、搾取も、許されるものではないけれど、どんな暴力も彼女たちを完全に損なってしまうことはできない。奪われても、歪められても、彼女たちはここに生きているのだ。「物語の中の少女展」で知ったそのことを、わたしは思い出させられていた。

人形を、あるいは人形以外のものを、可愛い、美しいと思うことに葛藤がある。何かを、誰かを可愛いと思うことは搾取ではないだろうか?

けれど、「物語の中の少女展」で出会った、「幻鳥譚」のシリーズのお人形の、痩せ細りぽっかりと洞の開いた胴体が、それでも美しいと思えたとき、じぶんの、不健康に痩せた軀も、すこし肯定できるような気がしたのだった。

一般的な「美」の範疇を逸脱して、それでも可愛らしいと思わせる力は、人形においては、わたしはここにいると見る者に突きつける刃なのかもしれない。

そして人形の——少なくともこの人形たちの「美」は、わたしたちを拝跪させてくれはし

ない。人形は芸術品であると同時に、わたしたちの友人であり、隣人だから、演出家たちの夢みる、絶対的な美への没入、言葉を放棄しての忘我の陶酔をゆるさない。向き合って、対話を続けることを求める。

このたび新しく制作された〈薔薇色の脚〉たちに、わたしはまだ直接お目にかかっていない。彼女たちは、最初の〈薔薇色の脚〉に会う前に想像していた姿に近い。極端に膨れ上がった下半身に、胎児のような、あるいは老人のような、あるいは飢餓状態の子供のような痩せ衰えた上半身。あるいは、上半身は全くない。皆川博子『死の泉』のレナとアリツェのように、下半身を共有した双子もいる。

けれど、今までの〈薔薇色の脚〉たちに会ってきた後では、彼女たちは単にショッキングな存在とは感じられない。彼女たちと同じ空間に立てば、わたしはまた、彼女たちの息遣いを感じるだろう。

＊

言葉でできた世界、はどうなっただろうか。

〈薔薇色の脚〉はたしかに山尾悠子の言葉によって紡がれた存在だった。いま、彼女たちは肉体を備えた。

それでは彼女たちは言葉のない地平へ行ったのか？

そうは思わない。言葉からも、肉体からも、彼女たちは解放されるすべを知らないままだろう。わたしたちと同じように。だからこそ、彼女たちはわたしたちで、わたしたちは彼女たちで、彼女たちはわたしたちの隣人でいるだろう。

『新編 夢の棲む街』後記

短編「夢の棲む街」は私の実質的な〈処女作〉ということになる。初出は「SFマガジン」誌一九七六年七月号、そのとき私は同志社大学文学部四回生になったところ。原稿は前年から半年ほどかけて書き、春先のちょうど二十一歳の誕生日あたりに書き上げたことを覚えている。それから今や四十五年以上が経つ。この度は新たに「薔薇色の脚のオード」「漏斗と螺旋」の二編を加え、また才能あるふたりの女性創作者、人形作家の中川多理さんおよび新進気鋭の歌人にして文筆家である川野芽生さんの力を得て、本書『新編 夢の棲む街』の刊行となった。「夢の棲む街」という作は、思えば初の短編集『夢の棲む街』（ハヤカワ文庫）に表題作として収録されて以来、三一書房『夢の棲む街／遠近法』、国書刊行会『山尾悠子作品集成』『夢の遠近法』、ちくま文庫『増補 夢の遠近法』と、何度も収録・公表の機会を得た幸運な作なのだ。今もって私の代表作のひとつであり、この実質的な〈処女作〉をそののち超えることが出来たかと自問すれば、たじろぐ思いがないでもない。私の拙い創作上の特質のすべてが凝縮されてここにあり、なおかつこれと同格以上の作を書くことは決して出来ないのだ。今でも本心からそのように思う。

中川多理さんの人形のこと。「夢の棲む街」をいずれ人形化したい、と多理さんから声をかけて頂いたのはもうずいぶん以前のことになる。かなりの時間経過ののち、『小鳥たち』(ステュディオ・パラボリカ刊)でのコラボが先に実現し、そしてついに本命の「夢の棲む街」の出番となった。この作を代表するイメージとして特に〈薔薇色の脚〉を選ぶことになったのは多理さんの考えであり、それは正しいと私もそう思う。(余談ながら、もっとも最初に話があったときには、漠然と登場人物たち勢ぞろいの立体曼荼羅のような有り様を想像したものだったけれど。)

さて単行本『小鳥たち』が世に出たあと、次は「夢の棲む街」だな、ということが課題として念頭にあったため、「群像」誌で短編を求められたとき、「漏斗と螺旋」を書いた。文芸誌にこんなものを書いていいのかと気が引けたものだったが、意外にも目を止めて下さる向きもあった由。内容的には四十年以上も昔の創作と現在の作者自身、という構造となり、ただし作の中心となるイメージはといえば――街の構造を体現する〈夢喰い虫〉を別とすれば――やはり〈薔薇色の脚〉に他ならなかった。そしていよいよ多理さんの踊り子人形制作が始まり、シリーズ初回の展覧会用にと求められて、今度は「薔薇色の脚のオード」を書いた。多理さんの人形ならばきっと華やかだろうなと予想されたので、その方向に寄せた感じになっていると思う。〈薔薇色の脚として変身の途上にある踊り子〉という多理さん独自の解釈により、蠱惑的な人形たちの制作はさらに陸続と続けられた。これらに対する海外からの熱心な反応も（いつも以上に）多かったとのこと。コケティッシュであったり時にはユーモラスであったり、そして何より苦悩する女性としての悲しみを孕んだ人形。はっきりと女性器の割れ目を備えた薔薇色の脚、という造形は、私にはかなりの衝撃だった。むかしの（若い頃の）イメージでは、その股間はつるりとした空白状態だったのだ。

でもしかし。そもそも〈薔薇色の脚〉の発想元はハンス・ベルメールの球体関節人形であったことを思い出せば（あれには女性器がある）、この度の多理さんの造形は当然のことであり、本来あるべき姿を取り戻しただけと言えるのかもしれない。と、ここで川野芽生さんによる画期的な『ラピスラズリ』論考（『夜想#山尾悠子』掲載「呪われたもののための福音――『ラピスラズリ』評」）を思い出すのだが――、作者本人の無自覚な女性性を掘り起こし、縦横に読み解いて下さる年少の論客の出現は、私にとってこれまた目覚ましいものだった。

今回の企画は、私にとっては創作の出発点を振り返る得難い機会となったし、また中川多理さんと、この度も優れた論考「薔薇色の、言葉と肉」を寄せて下さった川野芽生さん、若い世代からの新たな解釈を得て、本書のタイトル『新編 夢の棲む街』は自然に決まった。七〇年代に青春時代を過ごした者の旧作に、新たな血流が蘇ったような思いもする。実に幸せなことだと思う。

〈プロトタイプ・薔薇色の脚〉についての付け足し。このコードネームは、本書発刊に合わせて多理さんが最終的に制作して下さった、変身完了段階での〈巨大に肥満膨張した下半身＋完全に干乾びて小さく縮んだ上半身〉という姿の人形たちの密かな呼称。実を言えば、「SFマガジン」初出時の中村銀子氏イラスト・扉絵として描かれた〈薔薇色の脚〉がこの最終形態の姿だったのだ。従ってどうしてもプロトタイプとしての印象が強く、何とかこの姿の造形も是非、と多理さんにお願いしてみたのだったが——でも内心、極端なデフォルメの線描画をそのまま立体の球体関節人形に起こすのは難しいのでは、とも思った。実際、作業は困難を極めたらしく、しかしさすがは手練《てだ》れの多理さん。仕上がりの恐るべき完成度には、私もほとほと感じ入ったものだ。初出時イラストを記憶している古い読者なども、この姿には深く納得するのではなかろうか。ここにも女性器、そして鋭く尖った小さなハイヒールの足元は多理さん解釈。凶暴にして愛らしく、グロテスクにして優美。干乾びた上半身の、その絶望感の何と精緻であること。

——と、さらにここまで来て、今回の企画は『新編 夢の棲む街』と中川多理人形写真集との二冊に分離・増殖させたほうが内容充実するのでは、という案が浮上した。私も賛同し、という訳で、本書に登場する多理さん人形は多くがプロトタイプ、それもモノクロ写真のみ。そして後続予定の写真集では、多種多人数の華やかな踊り子たち、さらに小鳥の侍女たちその他、今まで多理さんが山尾作品に寄せて創作して下さった人形たちの総お目見えとなる手筈。中川ファンは楽しみにお待ち下さいますよう。

最後に。『小鳥たち』『夜想 山尾悠子特集号』に続き、本企画のすべてを差配して下さった名伯楽・今野裕一氏とミルキィ・イソベさんに心よりの感謝を捧げます。

山尾悠子

❖初出

「薔薇色の脚のオード」――中川多理「薔薇色の脚」展にて展示（二〇二〇年十一月／パラボリカ・ビス）

「夢の棲む街」――「ＳＦマガジン」一九七六年七月号

「漏斗と螺旋」――「群像」二〇二〇年一月号

山尾悠子❖Yamao Yuko

1955年、岡山市生まれ。同志社大学文学部国文科卒業。75年、「仮面舞踏会」(「SFマガジン」早川書房)でデビュー。著書に『夢の棲む街』『仮面物語』『オットーと魔術師』『山尾悠子作品集成』『ラピスラズリ』『歪み真珠』『夢の遠近法』『角砂糖の日』(歌集)『山の人魚と虚ろの王』(国書刊行会)、中川多理との共著『小鳥たち』など。『飛ぶ孔雀』で、2018年、第46回泉鏡花文学賞、2019年、第69回芸術選奨文部科学大臣賞、第39回日本SF大賞受賞。

中川多理❖Nakagawa Tari

人形作家
埼玉県岩槻市出身。筑波大学芸術専門学群総合造形コース卒業。
DOLL SPACE PYGMALIONにて吉田良氏に師事。札幌市にて人形教室を主宰。作品集に『Costa d'Eva イヴの肋骨――中川多理人形作品集』『夜想#中川多理――物語の中の少女』、山尾悠子との共著『小鳥たち』(いずれもステュディオ・パラボリカ刊)など。
https://www.kostnice.net

川野芽生❖Kawano Megumi

1991年、神奈川県生まれ。2010年、東京大学に入学。東京大学本郷短歌会に入会、作歌を始める。2014年、短歌同人誌「穀物」結成。2015年、「怪獣歌会」結成。2017年、本郷短歌会解散。2018年、「Lilith」30首により第29回歌壇賞受賞。歌集『Lilith』(書肆侃侃房)で2021年、歌壇の芥川賞と言われる現代歌人協会賞を受賞。著書に、小説集『無垢なる花たちのためのユートピア』(東京創元社)など。

A New Version of Yume-No-Sumu-Machi : Three short stories

first edition | 25 March 2022

text | Yamao Yuko

dolls *&* photo | Nakagawa Tari

publisher & art director | Milky Isobe

editor | KonnoYuichi (Atelier Peyotl Inc.)

design | Milky Isobe + Abe Harumi

published by Studio Parabolica Inc.
1-13-9 Hanakawado Taito-ku Tokyo 111-0033 Japan
TEL: +81-3-3847-5757 | FAX: +81-3-3847-5780 | info@2minus.com

www.yaso-peyotl.com | www.parabolica-bis.com

printed and bound by Chuo Seihan Printing Co., Ltd.
case by Okayama-Shikisho Co., Ltd.

新編 夢の棲む街

2022年3月25日　第1刷発行

著者 | 山尾悠子

発行人 | ミルキィ・イソベ

編集 | 今野裕一

発行 | 株式会社ステュディオ・パラボリカ

東京都台東区花川戸1-13-9 第2東邦化成ビル5F 〒111-0033

☎03-3847-5757 | ☎03-3847-5780 | info@2minus.com | www.yaso-peyotl.com

印刷製本 | 中央精版印刷株式会社

製函 | 株式会社岡山紙器所

ISBN978-4-902916-46-1 C0093